我们中国

魏巍　等著

北京联合出版公司
Beijing United Publishing Co.,Ltd.

新流出品

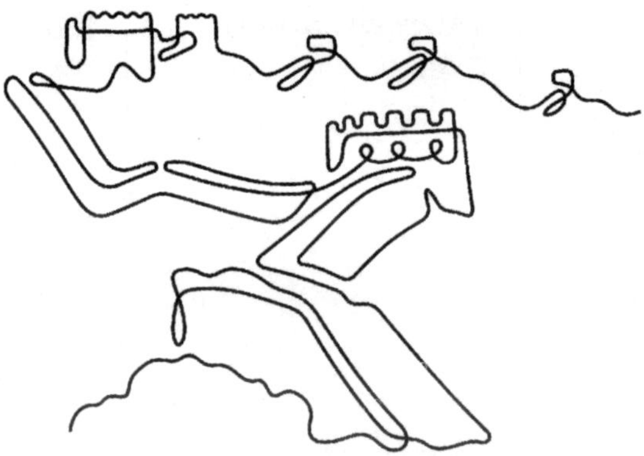

目录

1900年

少年中国说

梁启超

日本人之称我中国也，一则曰老大帝国，再则曰老大帝国。是语也，盖袭译欧西人之言也。呜呼，我中国其果老大矣乎？梁启超曰：恶，是何言！是何言！吾心目中有一少年中国在。

欲言国之老少，请先言人之老少。老年人常思既往，少年人常思将来。惟思既往也，故生留恋心；惟思将来也，故生希望心。惟留恋也，故保守；惟希望也，故进取。惟保守也，故永旧；惟进取也，故日新。惟思既往也，事事皆其所已经者，故惟知照例；惟思将来也，事事皆其所未经者，故常敢破格。老年人常多忧虑，少年人常好行乐。惟多忧也，故灰心；惟行乐也，故盛气。惟灰心也，故怯懦；惟盛气也，故豪壮。惟怯懦也，故苟且；惟豪壮也，故冒险。惟苟且也，故能灭世界；惟冒险也，故能造世界。老年人常厌事，少年人常喜事。惟厌事也，故常觉一切事无可为者；惟好事也，故常觉一切事无不可为者。老年人如夕照，少年人如朝阳；老年人如瘠牛，少年人如乳虎。老年人如僧，少年人如侠。老年人如字典，少年人如戏文。老年人如鸦片烟，少年人如泼兰地酒。老年人如别行星之陨石，少年人如大洋海之珊瑚岛。老年人如埃及沙漠之金字塔，少年人如西伯利亚之铁路。老年人如秋后之柳，少年人如春前之草。老年人如死海之潴为泽，少年人如长江之初发源。此老年与少年性格不同之大略也。梁启超曰："人固有之，国亦宜然。"

梁启超曰：伤哉，老大也！浔阳江头琵琶妇，当明月绕船，枫叶瑟瑟，衾寒于铁，似梦非梦之时，追想洛阳尘中春花秋月之佳趣。西宫南内，白发宫娥，一灯如穗，三五对坐，谈开元天宝间遗事，谱霓裳羽衣曲。青门种瓜人，左对孺人，顾弄孺子，忆侯门似海珠履杂遝之盛事。拿破仑之流于厄蔑，阿剌飞之幽于锡兰，与三两监守吏，或过访之好事者，道当年短刀匹马，驰骋中原，席卷欧洲，血战海楼，一声叱咤，万国震恐之丰功伟烈，初而拍案，继而抚髀，终而揽镜。呜呼！面皴齿尽，白发盈把，颓然老矣！若是者，舍幽郁之外无心事，舍悲惨之外无天地，舍颓唐之外无日月，舍叹息之外无音声，舍待死之外无事业。美人豪杰且然，而况于寻常碌碌者耶？生平亲友，皆在墟墓，起居饮食，待命于人。今日且过，遑知他日。今年且过，遑恤明年。普天下灰心短气之事，未有甚于老大者。于此人也，而欲望以拿云之手段，回天之事功，挟山超海之意气，能乎不能？

鸣呼，我中国其果老大矣乎？立乎今日以指畴昔，唐虞三代，若何之郅治，秦皇汉武，若何之雄杰，汉唐来之文学，若何之隆盛，康乾间之武功，若何之烜赫。历史家所铺叙，词章家所讴歌，何一非我国民少年时代、良辰美景赏心乐事之陈迹哉！而今颓然老矣，昨日割五城，明日割十城，处处雀鼠尽，夜夜鸡犬惊。十八省之土地财产，已为人怀中之肉。四百兆之父兄子弟，已为人注籍之奴。岂所谓“老大嫁作商人妇”者耶？鸣呼，凭君莫话当年事，憔悴韶光不忍看！楚囚相对，岌岌顾影，人命危浅，朝不虑夕。国为待死之国，一国之民为待死之民。万事付之奈何，一切凭人作弄，亦何足怪！

梁启超曰：我中国其果老大矣乎？是今日全地球之一大问题也。如其老大也，则是中国为过去之国，即地球上昔本有此国，而今渐澌灭，他日之命运殆将尽也。如其非老大也，则是中国为未来之国，即地球上昔未现此国，而今渐发达，他日之前程且方长也。欲断今日之中国为老大耶？为少年耶？则不可不先明“国”字之意义。夫国也者，何物也？有土地，有人民，以居于其土地之人民，而治其所居之土地之事，自制法律而自守之，有主权，有服从，人人皆主权者，人人皆服从者。夫如是，斯谓之完全成立之国，地球上之有完全成立之国也，自百年以来也。完全成立者，壮年之事也。未能完全成立而渐进于完全成立者，少年之事也。故吾得一言以断之曰：欧洲列邦在今日为壮年国，而我中国在今日为少年国。

夫古昔之中国者，虽有国之名，而未成国之形也。或为家族之国，或为酋长之国，或为诸侯封建之国，或为一王专制之国。虽种类不一，要之，其于国家之体质也，有其一部而缺其一部。正如婴儿自胚胎以迄成童，其身体之一二官支，先行长成，此外则全体虽粗具，然未能得其用也。故其唐虞以前为胚胎时代，殷商之际为乳哺时代，由孔子而来至于今为童子时代。逐渐发达，而今乃始将入成童以上少年之界焉。其长成所以若是之迟者，则历代之民贼有室其生机者也。譬犹童年多病，转类老态。或且疑其死期之将至焉，而不知皆由未完全未成立也；非过去之谓，而未来之谓也。

且我中国畴昔岂尝有国家哉！不过有朝廷耳。我黄帝子孙，聚族而居，立于此地球之上者既数千年，而问其国之为何名，则无有也。夫所谓唐、虞、夏、商、周、秦、汉、魏、晋、宋、齐、梁、陈、隋、唐、宋、元、明、清者，则皆朝名耳。朝也者，一家之私产也。国也者，人民之公产也。朝有朝之老少，国有国之老少。朝与国既异物，则不能以朝之老少而指为国之老少明矣。文、武、成、康，周朝之少年时代也；幽、厉、桓、赧，则其老年时代也。高、文、景、武，汉朝之少年时代也；元、平、桓、灵，则其老年时代也。自余历朝，莫不有之。凡此者谓为一朝廷之老也则可，谓为一国之老也则不可。一朝廷之老且死，犹一人之老且死也。于吾所谓中国者何与焉。然则，吾中国者，前此尚未出现于世界，而今乃始萌芽云尔。天地大矣，前途辽矣，美哉我少年中国乎！

玛志尼者，意大利三杰之魁也。以国事被罪，逃窜异邦。乃创立一会，名曰“少年意大利”。举国志士，云涌雾集以应之。卒乃光复旧物，使意大利为欧洲之一雄邦。夫意大利者，欧洲第一之老大国也。自罗马亡后，土地隶于教皇，政权归于奥国，殆所谓老而濒于死者矣。而得一玛志尼，且能举全国而少年之，况我中国之实为少年时代者耶？堂堂四百余州之国土，凛凛四百余兆之国民，岂遂无一玛志尼其人者！

龚自珍氏之集有诗一章，题曰《能令公少年行》。吾尝爱读之，而有味乎其用意之所存。我国民而自谓其国之老大也，斯果老大矣。我国民而自知其国之少年也，斯乃少年矣。西谚有之曰：“有三岁之翁，有百岁之童。”然则国之老少，又无定形，而实随国民之心力以为消长者也。吾见乎玛志尼之能令国少年也，吾又见乎我国之官吏士民能令国老大也。吾为此惧！夫以如此壮丽浓郁翩翩绝世之少年中国，而使欧西、日本人谓我为老大者何也？则以握国权者皆老朽之人也。非哦几十年八股，非写几十年白折，非当几十年差，非挨几十年俸，非递几十年手本，非唱几十年喏，非磕几十年头，非请几十年安，则必不能得一官，进一职。其内任卿贰以上，外任监司以上者，百人之中，其五官不备者，殆九十六七人也。非眼盲，则耳聋，非手颤，则足跛，否则半身不遂也。彼其一身饮食步履视听言语，尚且不能自了，须三四人在左右扶之捉之，乃能度日，于此而乃欲责之以国事，是何异立无数木偶而使之治天下也！且彼辈者，自其少壮之时，既已不知亚细亚、欧罗巴为何处地方，汉祖唐宗是那朝皇帝，犹嫌其顽钝腐败之未臻其极，又必搓磨之，陶冶之，待其脑髓已涸，血管已塞，气息奄奄，与鬼为邻之时，然后将我二万里山河、四万万人命，一举而畀于其手。呜呼！老大帝国，诚哉其老大也！而彼辈者，积其数十年之八股、白折、当差、挨俸、手本、唱喏、磕头、请安，千辛万苦，千苦万辛，乃始得此红顶花翎之服色，中堂大人之名号，乃出其全副精神，竭其毕生力量，以保持之。如彼乞儿拾金一锭，虽轰雷盘旋其顶上，而两手犹紧抱其荷包，他事非所顾也，非所知也，非所闻也。于此而告之以亡国也，瓜分也，彼乌从而听之，乌从而信之！即使果亡矣，果分矣，而吾今年既七十矣八十矣，但求其一两年内，洋人不来，强盗不起，我已快活过了一世矣！若不得已，则割三头两省之土地，奉申贺敬，以换我几个衙门；卖三几百万之人民作仆为奴，以赎我一条老命，有何不可，有何难办。呜呼！今之所谓老后老臣老将老吏者，其修身齐家治国平天下之手段，皆具于是矣。西风一夜催人老，凋尽朱颜白尽头。使走无常当医生，携催命符以祝寿，嗟乎痛哉！以此为国，是安得不老且死，且吾恐其未及岁而殇也。

梁启超曰：造成今日之老大中国者，则中国老朽之冤业也；制出将来之少年中国者，则中国少年之责任也。彼老朽者何足道？彼与此世界作别之日不远矣！而我少年乃新来而与世界为缘。如僦屋者然，彼明日将迁居他方，而我今日始入此室处。将迁居者，不爱护其窗栊，不洁治其庭庑，俗人恒情，亦何足怪？若我少年者，前程浩浩，后顾茫茫，中国而为牛为马为奴为隶，则烹脔鞭棰之惨酷，惟我少年当之。中国如称霸宇内主盟地球，则指挥顾盼之尊荣，惟我少年享之。于彼气息奄奄与鬼为邻者何与焉？彼而漠然置之，犹可言也；我而漠然置之，不可言也。使举国之少年而果为少年也，则吾中国为未来之国，其进步未可量也；使举国之少年而亦为老大也，则吾中国为过去之国，其澌亡可翘足而待也。故今日之责任，不在他人，而全在我少年。少年智则国智，少年富则国富，少年强则国强，少年独立则国独立，少年自由则国自由，少年进步则国进步。少年胜于欧洲，则国胜于欧洲；少年雄于地球，则国雄于地球。红日初升，其道大光；河出伏流，一泻汪洋；潜龙腾渊，鳞爪飞扬；乳虎啸谷，百兽震惶；鹰隼试翼，风尘翕张；奇花初胎，矞矞皇皇；干将发硎，有作其芒；天戴其苍，地履其黄；纵有千古，横有八荒；前途似海，来日方长。美哉我少年中国，与天不老！壮哉我中国少年，与国无疆！

“三十功名尘与土，八千里路云和月。莫等闲，白了少年头，空悲切。”此岳武穆《满江红》词句也，作者自六岁时即口受记忆，至今喜诵之不衰。自今以往，弃“哀时客”之名，更自名曰“少年中国之少年”。作者附识。

1911年

与妻书

林觉民

意映卿卿如晤：

吾今以此书与汝永别矣！吾作此书时，尚是世中一人；汝看此书时，吾已成为阴间一鬼。吾作此书，泪珠和笔墨齐下，不能竟书而欲搁笔，又恐汝不察吾衷，谓吾忍舍汝而死，谓吾不知汝之不欲吾死也，故遂忍悲为汝言之。

吾至爱汝，即此爱汝一念，使吾勇于就死也。吾自遇汝以来，常愿天下有情人都成眷属；然遍地腥云，满街狼犬，称心快意，几家能彀？司马青衫，吾不能学太上之忘情也。语云：仁者“老吾老，以及人之老；幼吾幼，以及人之幼”。吾充吾爱汝之心，助天下人爱其所爱，所以敢先汝而死，不顾汝也。汝体吾此心，于啼泣之余，亦以天下人为念，当亦乐牺牲吾身与汝身之福利，为天下人谋永福也，汝其勿悲！

汝忆否？四五年前某夕，吾尝语曰："与使吾先死也，无宁汝先吾而死。"汝初闻言而怒，后经吾婉解，虽不谓吾言为是，而亦无词相答。吾之意盖谓以汝之弱，必不能禁失吾之悲，吾先死，留苦与汝，吾心不忍，故宁请汝先死，吾担悲也。嗟夫！谁知吾卒先汝而死乎？吾真真不能忘汝也！回忆后街之屋，入门穿廊，过前后厅，又三四折，有小厅，厅旁一室，为吾与汝双栖之所。初婚三四个月，适冬之望日前后，窗外疏梅筛月影，依稀掩映；吾与并肩携手，低低切切，何事不语？何情不诉？及今思之，空余泪痕。又回忆六七年前，吾之逃家复归也，汝泣告我："望今后有远行，必以告妾，妾愿随君行。"吾亦既许汝矣。前十余日回家，即欲乘便以此行之事语汝，及与汝相对，又不能启口，且以汝之有身也，更恐不胜悲，故惟日日呼酒买醉。嗟夫！当时余心之悲，盖不能以寸管形容之。

吾诚愿与汝相守以死，第以今日事势观之，天灾可以死，盗贼可以死，瓜分之日可以死，奸官污吏虐民可以死，吾辈处今日之中国，国中无地无时不可以死。到那时使吾眼睁睁看汝死，或使汝眼睁睁看吾死，吾能之乎？抑汝能之乎？即可不死，而离散不相见，徒使两地眼成穿而骨化石，试问古来几曾见破镜能重圆？则较死为苦也，将奈之何？今日吾与汝幸双健。天下人之不当死而死与不愿离而离者，不可数计，钟情如我辈者，能忍之乎？此吾所以敢率性就死不顾汝也。吾今死无余憾，国事成不成自有同志者在。依新已五岁，转眼成人，汝其善抚之，使之肖我。汝腹中之物，吾疑其女也，女必像汝，吾心甚慰。或又是男，则亦教其以父志为志，则吾死后尚有二意洞在也。甚幸，甚幸！吾家后日当甚贫，贫无所苦，清静过日而已。

吾今与汝无言矣。吾居九泉之下遥闻汝哭声，当哭相和也。吾平日不信有鬼，今则又望其真有。今人又言心电感应有道，吾亦望其言是实，则吾之死，吾灵尚依依旁汝也，汝不必以无侣悲。

吾平生未尝以吾所志语汝，是吾不是处；然语之，又恐汝日日为吾担忧。吾牺牲百死而不辞，而使汝担忧，的的非吾所忍。吾爱汝至，所以为汝谋者惟恐未尽。汝幸而偶我，又何不幸而生今日之中国！吾幸而得汝，又何不幸而生今日之中国！卒不忍独善其身。嗟夫！巾短情长，所未尽者，尚有万千，汝可以模拟得之。吾今不能见汝矣！汝不能舍吾，其时时于梦中得我乎！一恸！辛未三月二十六夜四鼓，意洞手书。

家中诸母皆通文，有不解处，望请其指教，当尽吾意为幸。

1915年

敬告青年

陈独秀

窃以少年老成，中国称人之语也；年长而勿衰（Keep young while growing old），英美人相勖之辞也。此亦东西民族涉想不同现象趋异之一端欤？青年如初春，如朝日，如百卉之萌动，如利刃之新发于硎，人生最可宝贵之时期也。青年之于社会，犹新鲜活泼细胞之在人身。新陈代谢，陈腐朽败者，无时不在天然淘汰之途，与新鲜活泼者以空间之位置及时间之生命。人身遵新陈代谢之道则健康，陈腐朽败之充塞细胞人身则人身死；社会遵新陈代谢之道则隆盛，陈腐朽败之分子充塞社会则社会亡。

准斯以谈，吾国之社会，其隆盛耶？抑将亡耶？非予之所忍言者。彼陈腐朽败之分子，一听其天然之淘汰，雅不愿以如流之岁月，与之说短道长，希冀其脱胎换骨也。予所欲涕泣陈词者，惟属望于新鲜活泼之青年，有以自觉而奋斗耳！

自觉者何？自觉其新鲜活泼之价值与责任，而自视不可卑也。奋斗者何？奋其智能，力排陈腐朽败者以去，视之若仇敌、若洪水猛兽，而不可与为邻，而不为其菌毒所传染也。

呜呼！吾国之青年，其果能语于此乎？吾见夫青年其年龄，而老年其身体者十之五焉；青年其年龄或身体，而老年其脑神经者十之九焉。华其发，泽其容，直其腰，广其膈，非不俨然青年也；及叩其头脑中所涉想所怀抱，无一不与彼陈腐朽败者为一丘之貉。其始也未常不新鲜活泼，浸假而为陈腐朽败分子所同化者有之；浸假而畏陈腐朽败分子势力之庞大，瞻顾依回，不敢明目张胆，作顽狠之抗斗者有之。充塞社会之空气，无往而非陈腐朽败焉，求些少之新鲜活泼者，以慰吾人窒息之绝望，亦杳不可得。

循斯现象，于人身则必死，于社会则必亡。欲救此病，非太息咨嗟之所能济，是在一二敏于自觉、勇于奋斗之青年，发挥人间固有之智能，决择人间种种之思想——孰为新鲜活泼，而适于今世之争存，孰为陈腐朽败，而不容留置于脑里——利刃断铁，快刀理麻，决不作牵就依违之想，自度度人。社会庶几其有清宁之日也。青年乎！其有以此自任者乎？若夫明其是非，以供决择，谨陈六义，幸平心察之：

一、自主的而非奴隶的

等一人也，各有自主之权，绝无奴隶他人之权利，亦绝无以奴自处之义务。奴隶云者，古之昏弱对于强暴之横夺，而失其自由权利者之称也。自人权平等之说兴，奴隶之名，非血气所忍受。世称近世欧洲历史为“解放历史”：破坏君权，求政治之解放也；否认教权，求宗教之解放也；均产说兴，求经济之解放也；女子参政运动，求男权之解放也。

解放云者，脱离夫奴隶之羁绊，以完其自主自由之人格之谓也。我有手足，自谋温饱；我有口舌，自陈好恶；我有心思，自崇所信；绝不认他人之越俎，亦不应主我而奴他人：盖自认为独立自主之人格以上，一切操行，一切权利，一切信仰，唯有听命各自固有之智能，断无盲从隶属他人之理。非然者，忠孝节义，奴隶之道德也［德国大哲尼采（Nietzsche）别道德为二类：有独立心而勇敢者曰贵族道德（Morality of Noble），谦逊而服从者曰奴隶道德（Morality of Slave）］；轻刑薄赋，奴隶之幸福也；称颂功德，奴隶之文章也；拜爵赐第，奴隶之光荣也；丰碑高墓，奴隶之纪念物也。以其是非荣辱，听命他人，不以自身为本位，则个人独立平等之人格，消灭无存。其一切善恶行为，势不能诉之自身意志而课以功过，谓之奴隶，谁曰不宜？立德立功，首当辨此。

二、进步的而非保守的

人生如逆水行舟，不进则退，中国之恒言也。自宇宙之根本大法言之，森罗万象，无日不在演进之途，万无保守现状之理；特以俗见拘牵，谓有二境，此法兰西当代大哲柏格森（H.Borgson）之创造进化论（L'Evolution Creatrice）所以风靡一世也。以人事之进化言之：笃古不变之族，日就衰亡；日新求进之民，方兴未已。存亡之数，可以逆睹。矧在吾国，大梦未觉，故步自封，精之政教文章，粗之布帛水火，无一不相形丑拙，而可与当世争衡？

举凡残民害理之妖言，率能征之故训，而不可谓诬，谬种流传，岂自今始！固有之伦理、法律、学术、礼俗，无一非封建制度之遗，持较皙种之所为，以并世之人，而思想差迟，几及千载；尊重廿四朝之历史性，而不作改进之图；则驱吾民于二十世纪之世界以外，纳之奴隶牛马黑暗沟中而已，复何说哉！于此而言保守，诚不知为何项制度文物，可以适用生存于今世。吾宁忍过去国粹之消亡，而不忍现在及将来之民族，不适世界之生存而归削灭也。

呜呼！巴比伦人往矣，其文明尚有何等之效用耶？“皮之不存，毛将焉傅？”世界进化，骎骎未有已焉。其不能善变而与之俱进者，将见其不适环境之争存，而退归天然淘汰已耳，保守云乎哉！

三、进取的而非退隐的

当此恶流奔进之时，得一二自好之士，洁身引退，岂非希世懿德；然欲以化民成俗，请于百尺竿头，再进一步。夫生存竞争，势所不免，一息尚存，即无守退安隐之余地。排万难而前行，乃人生之天职。以善意解之，退隐为高人出世之行；以恶意解之，退隐为弱者不适竞争之现象。欧俗以横厉无前为上德，亚洲以闲逸恬淡为美风：东西民族强弱之原因，斯其一矣。此退隐主义之根本缺点也。

若夫吾国之俗，习为委靡：苟取利禄者，不在论列之数；自好之士，希声隐沦，食粟衣帛，无益于世，世以雅人名士目之，实与游惰无择也。人心秽浊，不以此辈而有所补救，而国民抗往之风、植产之习，于焉以斩。人之生也，应战胜恶社会，而不可为恶社会所征服；应超出恶社会，进冒险苦斗之兵，而不可逃遁恶社会，作退避安闲之想。呜呼！欧罗巴铁骑，入汝室矣，将高卧白云何处也？吾愿青年之为孔、墨，而不愿其为巢、由；吾愿青年之为托尔斯泰与达噶尔（R.Tagore 印度隐遁诗人），不若其为哥伦布与安重根。

四、世界的而非锁国的

并吾国而存立于大地者，大小凡四十余国，强半与吾有通商往来之谊。加之海陆交通，朝夕千里。古之所谓绝国，今视之若在户庭。举凡一国之经济政治状态有所变更，其影响率被于世界，不啻牵一发而动全身也。立国于今之世，其兴废存亡，视其国之内政者半，影响于国外者恒亦半焉。以吾国近事证之：日本勃兴，以促吾革命维新之局；欧洲战起，日本乃有对我之要求。此非其彰彰者耶？投一国于世界潮流之中，笃旧者固速其危亡，善变者反因以竞进。

吾国自通海以来，自悲观者言之，失地偿金，国力索矣；自乐观者言之，倘无甲午、庚子两次之福音，至今犹在八股垂发时代。居今日而言锁国闭关之策，匪独力所不能，亦且势所不利。万邦并立，动辄相关，无论其国若何富强，亦不能漠视外情，自为风气。各国之制度文物，形式虽不必尽同，但不思驱其国于危亡者，其遵循共同原则之精神，渐趋一致，潮流所及，莫之能违。于此而执特别历史国情之说，以冀抗此潮流，是犹有锁国之精神，而无世界之智识。国民而无世界智识，其国将何以图存于世界之中？语云："闭户造车，出门未必合辙。"今之造车者不但闭户，且欲以《周礼·考工》之制，行之欧美康庄，其患将不止不合辙已也！

五、实利的而非虚文的

自约翰·弥尔（J.S.Mill）实利主义唱道于英，孔特（Comte）之实验哲学唱道于法，欧洲社会之制度，人心之思想，为之一变。最近德意志科学大兴，物质文明造乎其极，制度人心为之再变。举凡政治之所营，教育之所期，文学技术之所风尚，万马奔驰，无不齐集于厚生利用之一途。一切虚文空想之无裨于现实生活者，吐弃殆尽。当代大哲，若德意志之倭根（R.Eucken），若法兰西之柏格森，虽不以现时物质文明为美备，咸揭橥生活（英文曰 Life，德文曰 Leben，法文曰 La vie）问题，为立言之的。生活神圣，正以此次战争，血染其鲜明之旗帜。欧人空想虚文之梦，势将觉悟无遗。

夫利用厚生，崇实际而薄虚玄，本吾国初民之俗；而今日之社会制度，人心思想，悉自周汉两代而来，——周礼崇尚虚文，汉则罢黜百家而尊儒重道。——名教之所昭垂，人心之所祈向，无一不与社会现实生活背道而驰。倘不改弦而更张之，则国力将莫由昭苏，社会永无宁日。祀天神而拯水旱，诵《孝经》以退黄巾，人非童昏，知其妄也。物之不切于实用者，虽金玉圭璋，不如布粟粪土。若事之无利于个人或社会现实生活者，皆虚文也，诳人之事也。诳人之事，虽祖宗之所遗留，圣贤之垂教，政府之所提倡，社会之崇尚，皆一文不值也。

六、科学的而非想象的

科学者何？吾人对于事物之概念，综合客观之现象，诉之主观之理性而不矛盾之谓也。想象者何？既超脱客观之现象，复抛弃主观之理性，凭空构造，有假定而无实证，不可以人间已有之智灵明其理由、道其法则者也。在昔蒙昧之世，当今浅化之民，有想象而无科学。宗教美文，皆想象时代之产物。近代欧洲之所以优越他族者，科学之兴，其功不在人权说下，若舟车之有两轮焉。今且日新月异，举凡一事之兴，一物之细，罔不诉之科学法则，以定其得失从违；其效将使人间之思想云为，一遵理性，而迷信斩焉，而无知妄作之风息焉。

国人而欲脱蒙昧时代，羞为浅化之民也，则急起直追，当以科学与人权并重。士不知科学，故袭阴阳家符瑞五行之说，惑世诬民；地气风水之谈，乞灵枯骨。农不知科学，故无择种去虫之术。工不知科学，故货弃于地，战斗生事之所需，一一仰给于异国。商不知科学，故惟识罔取近利，未来之胜算，无容心焉。医不知科学，既不解人身之构造，复不事药性之分析，菌毒传染，更无闻焉，惟知附会五行生克寒热阴阳之说，袭古方以投药饵，其术殆与矢人同科。其想象之最神奇者，莫如“气”之一说。其说且通于力士羽流之术，试遍索宇宙间，诚不知此“气”之果为何物也。

凡此无常识之思，惟无理由之信仰，欲根治之，厥维科学。夫以科学说明真理，事事求诸证实，较之想象武断之所为，其步度诚缓；然其步步皆踏实地，不若幻想突飞者之终无寸进也。宇宙间之事理无穷，科学领土内之膏腴待辟者，正自广阔。青年勉乎哉！

一九一五，九，十五

1917年

爱国要培养完全的人格[1]

蔡元培

本校初办时，在满清季年，含有革命性质。盖当时一般志士，鉴于满清政治之不良，国势日蹙，有如人之罹重病，恐其淹久而至于不可救药，必觅良方以治之，故群起而谋革命。革命者，即治病之方药也。上海之革命团，名中国教育会。革命精神所在，无论其为男为女，均应提倡，而以教育为根本。故女校有爱国女学，男校有爱国学社，以教育会员担任办理之责，此本校名之所由来也。其后几经变迁，男校因《苏报》案而解散，中国教育会亦不数年而同志星散；唯女校存立至今。辛亥革命时，本校学生多有从事于南京之役者，不可谓非教育

1 原标题为“在爱国女学校之演说”。

之成效也。当满清政府未推倒时，自以革命为精神，然于普通之课程，仍力求完备。此犹家人一面为病者求医，一面于日常家事，仍不能不顾也。至民国成立，改革之目的已达，如病已医愈，不再有死亡之忧，则欲副爱国之名称，其精神不在提倡革命，而在养成完全之人格。盖国民而无完全人格，欲国家之隆盛，非但不可得，且有衰亡之虑焉。造成完全人格，使国家隆盛而不衰亡，真所谓爱国矣。完全人格，男女一也，兹特就女子方面讲述之。

夫完全人格，首在体育。体育最要之事为运动。凡吾人身体与精神，均含一种潜势力，随外围之环境而发达。故欲其发达至何地位，即能至何地位。若有障碍而阻其发达，则萎缩矣。旧俗每为女子缠足，不许擅自出门行走，终日幽居，不使运动，久之性质自变为懦弱。光阴日消磨于装饰中，且养成依赖性，凡事非依赖男子不可。苟无男子可依赖，虽小事亦望而生畏，倘不幸地方有争战之事，敌兵尚未至，畏而自尽者比比矣，又安望其抵抗哉。是皆不运动不发达其身体之故，卒养成懦弱性质，以减杀其自卫能力与胆量也。欧美各国女子，尚不能免此，况乎中国。闻本校有体育专修科，不特各科完备，且于拳术尤为注意，此最足为自卫之具，望诸生努力，切勿间断。即毕业之后，身任体操教员者，固应时时练习，即担任别种事业者，亦当时时练习。盖此等技术，不练则荒，久练益熟，获益非浅鲜也。

次在智育。智育则属精神方面。精神愈用愈发达，吾前已言及矣。盖人之心思细密，方能处事精详，而习练此心思使之细密，则有赖于科学。就其易于证明者言之，如习算学，既可以增知识，又可以使脑力反复动用，入于精细详审一途。研究之功夫既深，则于处事时，亦须将前一事与后一事比较一番，孰优孰劣，了然于胸。而知识亦从比较而日广矣。故精究科学者，必有特别之智慧胜于恒人，亦由其脑筋之灵敏也。

更言德育。德育实为完全人格之本。若无德，则虽体魄智力发达，适足助其为恶，无益也。今先言我国女子之缺点。女子因有依赖男子之性质，不求自立，故心中思虑毫无他途，唯有衣服必求鲜艳，装饰必求美丽，何也？以其无可自恃也。而虚荣心于女子为尤甚，如喜闻家中之人做官，喜与有势力人往还，皆是。故高尚之品行，未可求诸寻常女界中也。今欲养成女子高尚之品行，非使其除依赖性质有自立性质不可。然自立不可误解，非傲慢自负，轻视他人之谓，乃自己有一定之职业，以自谋生活之谓。夫人果能自谋生活，不仰食于人，则亦无暇装饰，无取虚荣矣。尚有一端，女子之处家庭者，大凡姑媳妯娌间，总是不和，甚至诟谇。其故何在？盖旧时习惯，女子死守家庭，不出门一步，不知社会情状，更不知世界情状，所通声息者，家中姑媳妯娌间而已。耳目心思之范围，既限于极小之家庭，自然只知琐细之事。而所争者，亦只此琐细之事。若是而望女子之品行日就高尚，难乎其难！盖其所处之势使然也。虽然，女子之缺点固多，而优点亦不少。今举其一端，如慈善事业，恻隐之心，女子胜于男子。不过昔时专在布施，反足养成他人懒惰之习。今则当推广爱人以德、与人为善之道。凡有善举，宜使受之者亦出其劳力有益于社会，则其仁慈之心，为尤恳挚矣。女子讲自由，在脱除无理之束缚而已，若必侈大无忌，在为无理之自由，则为反对女学者所借口，为父兄者必不喜送女子入学。盖不信女学为培养女德之所，而谓女学乃损坏女德之地，非女学之幸也。

又今日女子入学读书后，对于家政，往往不能操劳，亦为所诟病。必也入学后，家庭间之旧习惯，有益于女德者保持勿失，而益以学校中之新知识，则治理家庭各事，比较诸未受过教育者，觉井井有条。譬如裁缝，旧时只知凭尺寸裁剪而已，若加以算学知识，则必益能精。如烹饪，旧时亦只知其当然，若加以化学知识，则必合乎卫生。其他各事，莫不皆然。倘女学生能如此，则为父兄者有不乐其女若妹之入学者乎？夫女子入校求学，固非脱离家庭间固有之天职也。求其实用，固可相辅而行者也。美国有师范学校，教授各科，俱用实习，不用书籍。假如授裁缝时，为之讲解自上古至现在衣服之变更，有野蛮时代之衣服与文明时代之衣服，是即历史科也。为之讲解衣服之原料，如丝之产地、棉之产地等，则地理科也。衣服之裁剪，有算法焉。其染色之颜料，有理化之法则焉，是即数学理化科也。推之烹饪等科，亦复如是。寓学问于操作中。可见女学固养成女子完全之人格，非使女子入学后，即放弃其固有之天职也。即如体操科中之种种运动，近亦有人主张徒事运动而无生产为不经济，有欲以工作代之者。庶不消耗金钱与体力，使归实用，此法以后必当盛行。益可见徒知读书，放弃家事，为不合于理矣。

我是少年

郑振铎

一

我是少年！我是少年！

我有如炬的眼，

我有思想如泉。

我有牺牲的精神，

我有自由不可捐。

我过不惯偶像似的流年，

我看不惯奴隶的苟安。

我起！我起！

我欲打破一切的威权。

二

我是少年！我是少年！

我有喷腾的热血和活泼进取的气象。

我欲进前！进前！进前！

我有同胞的情感，

我有博爱的心田。

我看见前面的光明，

我欲驶破浪的大船，

满载可怜的同胞，

进前！进前！进前！

不管它浊浪排空，狂飙肆虐，

我只向光明的所在，进前！进前！进前！

1922年

改造中国不能照抄西洋人走过的老路

张闻天

中国今日虽受天灾人祸的种种摧残，但元素还没有消尽，中国现在一般觉醒的解放的人虽一时不能站起来，但有站起来的可能性是不成问题的。所以如今日而一般觉醒的解放的人，能急起直追，合力互助向光明自由的路上走去，中国实富有进步的可能性。如其延迟不进，各走各的路，就是灭亡的路数。

中国这样一天一天混乱下去，觉醒的人也一天一天多起来了。（固然，也有许多分子，由悲观的思想入享乐的魔道的，但这总是少数，并且不过是一时变态的现象，不足为病。）但我们底问题是：这些人怎样能够群起而急起直追呢，并且我们到底向哪一条路追上去呢？我敢直截了当地和你们说：我这里所谓急起直追，不是说照抄西洋镜，是走向西洋人以为理想而我们也认为理想的目的。即我们所谓急起直追是直追那西洋的大多数平民的共同的理想，这理想就是社会主义。所以我底问题就是怎样我们能够大家起来实行社会主义呢?

但我们现在细看社会上一般有力的人的趋向，完全想照抄西洋人走过的老路。他们都以为非赶快在中国完成资本主义不可，非立刻把资本主义成长起来和外国底资本家对抗不可。他们不晓得资本主义在中国越是发达，中国纷乱越是会延长期间。延长纷乱的期间我们就会受无穷的痛苦，受许多不必要的痛苦。造化些，或者能够再翻身，不造化些就永禁在枉死城中，不得翻身。

人类不欲生则已，如要生存，哪有不向可生存的方向走的呢?如看不到那所走的方向是灭亡，是痛苦，那也罢了，如已经看到了，而还是走上去的，那不是由于他底不愿生存，便是由于他底神经错乱。中国今日那般资本家，其欲生存恐十百倍于我们而还是向灭亡的路走去，当然是由于神经错乱了。他们看见美国资本主义底下工商业的发达，就十分羡慕，以为如欲开发中国富源，非提倡资本主义不可。现在他们竟向资本主义走了。他们要握到政权是为了资本主义，他们提倡教育，创办大学，无一不是为了资本主义。唉!资本主义在中国，有这般资本家努力，其日日的发荣滋长是必然的了。

愚蠢的人类，竟是这样做了。社会上对于这般引他们到灭亡上去的人恭维之为“有造于社会”“教育家”，易卜生所谓“社会的栋梁”；对于提倡社会主义的人，竟目之为“过激派”“捣乱派”。这真是又好气，又好笑的呵！

但是我们也就像那般想谋官做的小政客也去附和资本家吗？我们底情意决不能许我们这样，我们底理知，也决不能许我们这样。我们应该自己相信，社会假使没有我们这批人，社会就会灭亡；我们是黑暗社会的一线生机，决不能自暴自弃把所负的重大责任抛弃了。并且我们还应该相信，我们这样前进不息，我们底目的终会实现的。我们不应灰心，倒退下去。

闲话说了许多，我们的问题还是：怎样我们大家起来实行社会主义呢？这问题真苦了不少的青年。我对于这问题的解答还很幼稚，不过不妨说出来，就正于大家并求讨论。

我不相信大多数的人民在现在会大家起来实行社会主义的，大多数的人只能等有觉悟的人实行了来享受的。有觉悟者事事要谋之于目不识丁、眼光不出十里的人，不但得不到益处，并且包管你失败。他们差不多完全处于被动地方，不到他们不能生存的地步，他们不会合拢起来反抗的。如有一线生存的可能，他们永世也不想翻身。所以如以他们底自觉为实行的标准，那非等到资本主义十分发达，一切旧制度完全破灭之后不可。那时他们真有创造新制度的能力与否，还是疑问。更进一步说，就是在那时，他们还是非有领导的人不可的。但我不是说，有觉悟者不必去管大多数的人，有觉悟者是要时时管到他们的，是以他们底幸福和快乐为前提的。不过有觉悟者以他们底幸福、快乐为前提是一事，达到那前提的步骤却又是一事，固然，这步骤不能太违反于那前提的。

我们实行社会主义的第一步是什么呢？我老实说了罢，就是由我上边所说过的从旧制度之下解放出来，觉醒转来并且有同样改造的目的的（即实行社会主义的目的）个人团结成死党。这党内我以为有四个必要条件：（一）有一定的党纲；（二）有健全而且严密的组织；（三）每个党员对于党内所决定的条件有绝对奉行的义务；（四）党员间应有十分的谅解和同情，但发现某党员以本党为个人名利的手段时，应毫不容情地驱逐之。

等到有了健全而且严整的团体后，第二步就实行社会活动，如宣传本党底党纲，联络世界有同样志趣的团体实行互助，或投身革命运动、劳动运动，或批判现社会指出其矛盾之所在。……

我以为这些步骤是绝对不能乱的。中国各团体的失败就是步骤错乱的缘故。如有许多会，并无一定宗旨而就想实行社会活动；有许多会，虽有宗旨，而不过徒有其空条文，不发生效力。还有许多，自己会内没有一定的组织就去和别的会联络。这都是根本的错误，我们非矫正不可的。

我们底结论于是如下：中国混乱的原因是由于中国社会组织逐渐崩坏而一时不能产生新的社会组织出来。这新社会组织的产生全靠从旧制度中解放出来，觉醒转来的个人团结成死党去实行社会活动，去解决这混乱。（我底结论大概和汉俊先生没有多大差别的。不过汉俊先生一定要马克思怎样才怎样，我觉得太受拘束了。譬如我们是社会主义者，虽与马克思所主张有许多共同的地方，但不必一定说马克思主义者。因为马克思是死人，他底学说虽可随人家解释，但到底太呆板了。社会主义却是活的东西，很有伸缩余地的。）

这篇东西，本想详细说一下，但时间太局蹐，说了这句，忘了那句，况明天又要上工，再没有修改的时间。匆匆发表，这真是很对不起读者的，不过就这一点，也可以表示我个人思想的变迁了。

我们对于这种不合理的社会，情意上早感到不安，因不安也早产生了改造的决心。不过用什么方法来改造呢？应该改造成什么样呢？这些问题常常横在我胸前而一日不能去的。无抵抗主义呢？反抗主义呢？无政府主义呢？社会主义呢？如江河流水，不绝地引起我底烦闷，但永久不决定是不能生活的。那么，取其长，舍其短，自然不能不走社会主义一条路了。自今日起，我希望能够在实现社会主义的历程中做一个小卒。

1923年

艰难的国运与雄健的国民

李大钊

历史的道路，不全是坦平的，有时走到艰难险阻的境界。这是全靠雄健的精神才能够冲过去的。

一条浩浩荡荡的长江大河，有时流到很宽阔的境界，平原无际，一泻万里。有时流到很逼狭的境界，两岸丛山叠岭，绝壁断崖，江河流于其间，曲折回环，极其险峻。民族生命的进展，其经历亦复如是。

人类在历史上的生活正如旅行一样。旅途上的征人所经过的地方，有时是坦荡平原，有时是崎岖险路。老于旅途的人，走到平坦的地方，固是高高兴兴的向前走，走到崎岖的境界，愈是奇趣横生，觉得在此奇绝壮绝的境界，愈能感得一种冒险的美趣。

中华民族现在所逢的史路，是一段崎岖险阻的道路。在这一段道路上，实在亦有一种奇绝壮绝的景致，使我们经过这段道路的人，感得一种壮美的趣味。但这种壮美的趣味，是非有雄健的精神的，不能够感觉到的。

我们的扬子江、黄河，可以代表我们的民族精神，扬子江及黄河遇见沙漠、遇见山峡都是浩浩荡荡的往前流过去，以成其浊流滚滚、一泻万里的魄势。目前的艰难境界，那能阻抑我们民族生命的前进。我们应该拿出雄健的精神，高唱着进行的曲调，在这悲壮歌声中，走过这崎岖险阻的道路。要知在艰难的国运中建造国家，亦是人生最有趣味的事……。

1925年

七子之歌

闻一多

邶有七子之母不安其室。七子自怨自艾，冀以回其母心。诗人作《凯风》以愍之。吾国自《尼布楚条约》迄旅大之租让，先后丧失之土地，失养于祖国，受虐于异类，臆其悲哀之情，盖有甚于《凯风》之七子。因择其与中华关系最亲切者七地，为作歌各一章，以抒其孤苦亡告，眷怀祖国之哀忱，亦以励国人之奋斗云尔。国疆崩丧，积日既久，国人视之漠然。不见夫法兰西之 ALSACE—LORRAINE（阿尔萨斯、洛林，法国地名）耶？“精诚所至，金石能开。”诚如斯，中华“七子”之归来其在旦夕乎！

澳门

你可知“妈港”不是我的真名姓?

我离开你的襁褓太久了，母亲!

但是他们掳去的是我的肉体，

你依然保管着我内心的灵魂。

三百年来梦寐不忘的生母啊!

请叫儿的乳名，叫我一声“澳门”!

母亲！我要回来，母亲!

香港

我好比凤阙阶前守夜的黄豹，

母亲呀，我身分虽微，地位险要。

如今狞恶的海狮扑在我身上，

啖着我的骨肉，咽着我的脂膏;

母亲呀，我哭泣号啕，呼你不应。

母亲呀，快让我躲入你的怀抱!

母亲！我要回来，母亲!

台湾

我们是东海捧出的珍珠一串，

琉球是我的群弟，我就是台湾。

我胸中还氤氲着郑氏的英魂，
精忠的赤血点染了我的家传。
母亲，酷炎的夏日要晒死我了；
赐我个号令，我还能背城一战。
母亲！我要回来，母亲！

威海卫

再让我看守着中华最古的海，
这边岸上原有圣人的丘陵在。
母亲，莫忘了我是防海的健将，
我有一座刘公岛作我的盾牌。
快救我回来呀，时期已经到了。
我背后葬的尽是圣人的遗骸！
母亲！我要回来，母亲！

广州湾

东海和硇洲是一双管钥，
我是神州后门上的一把铁锁。
你为什么把我借给一个盗贼？
母亲呀，你千万不该抛弃了我！
母亲，让我快回到你的膝前来，

我要紧紧地拥抱着你的脚髁。

母亲！我要回来，母亲！

九龙

我的胞兄香港在诉他的苦痛，

母亲呀，可记得你的幼女九龙？

自从我下嫁给那镇海的魔王，

我何曾有一天不在泪涛汹涌！

母亲，我天天数着归宁的吉日，

我只怕希望要变作一场空梦。

母亲！我要回来，母亲！

旅顺，大连

我们是旅顺，大连，孪生的兄弟。

我们的命运应该如何地比拟？——

两个强邻将我们来回地蹴蹋，

我们是暴徒脚下的两团烂泥。

母亲，归期到了，快领我们回来。

你不知道儿们如何地想念你！

母亲！我们要回来，母亲！

1925年

一句话

闻一多

有一句话说出就是祸，
有一句话能点得着火。
别看五千年没有说破，
你猜得透火山的缄默？
说不定是突然着了魔，
突然青天里一个霹雳，
爆一声：
“咱们的中国！”

这话叫我今天怎么说？
你不信铁树开花也可，

那么有一句话你听着：

等火山忍不住了缄默，

不要发抖，伸舌头，顿脚，

等到青天里一个霹雳，

爆一声：

“咱们的中国！”

1925年

灯下漫笔

鲁迅

一

有一时，就是民国二三年时候，北京的几个国家银行的钞票，信用日见其好了，真所谓蒸蒸日上。听说连一向执迷于现银的乡下人，也知道这既便当，又可靠，很乐意收受，行使了。至于稍明事理的人，则不必是“特殊知识阶级”，也早不将沉重累坠的银元装在怀中，来自讨无谓的苦吃。想来，除了多少对于银子有特别嗜好和爱情的人物之外，所有的怕大都是钞票了罢，而且多是本国的。但可惜后来忽然受了一个不小的打击。

就是袁世凯想做皇帝的那一年，蔡松坡先生溜出北京，到云南去起义。这边所受的影响之一，是中国和交通银行的停止兑现。虽然停止兑现，政府勒令商民照旧行用的威力却还有的；商民也自有商民的老本领，不说不要，却道找不出零钱。假如拿几十几百的钞票去买东西，我不知道怎样，但倘使只要买一枝笔，一盒烟卷呢，难道就付给一元钞票么？不但不甘心，也没有这许多票。那么，换铜元，少换几个罢，又都说没有铜元。那么，到亲戚朋友那里借现钱去罢，怎么会有？于是降格以求，不讲爱国了，要外国银行的钞票。但外国银行的钞票这时就等于现银，他如果借给你这钞票，也就借给你真的银元了。

我还记得那时我怀中还有三四十元的中交票，可是忽而变了一个穷人，几乎要绝食，很有些恐慌。俄国革命以后的藏着纸卢布的富翁的心情，恐怕也就这样的罢；至多，不过更深更大罢了。我只得探听，钞票可能折价换到现银呢？说是没有行市。幸而终于，暗暗地有了行市了：六折几。我非常高兴，赶紧去卖了一半。后来又涨到七折了，我更非常高兴，全去换了现银，沉垫垫地坠在怀中，似乎这就是我的性命的斤两。倘在平时，钱铺子如果少给我一个铜元，我是决不答应的。

但我当一包现银塞在怀中，沉垫垫地觉得安心，喜欢的时候，却突然起了另一思想，就是：我们极容易变成奴隶，而且变了之后，还万分喜欢。

假如有一种暴力，“将人不当人”，不但不当人，还不及牛马，不算什么东西；待到人们羡慕牛马，发生“乱离人，不及太平犬”的叹息的时候，然后给与他略等于牛马的价格，有如元朝定律，打死别人的奴隶，赔一头牛，则人们便要心悦诚服，恭颂太平的盛世。为什么呢？因为他虽不算人，究竟已等于牛马了。

我们不必恭读《钦定二十四史》，或者入研究室，审察精神文明的高超。只要一翻孩子所读的《鉴略》，——还嫌烦重，则看《历代纪元编》，就知道“三千余年古国古”的中华，历来所闹的就不过是这一个小玩艺。但在新近编纂的所谓“历史教科书”一流东西里，却不大看得明白了，只仿佛说：咱们向来就很好的。

但实际上，中国人向来就没有争到过“人”的价格，至多不过是奴隶，到现在还如此，然而下于奴隶的时候，却是数见不鲜的。中国的百姓是中立的，战时连自己也不知道属于那一面，但又属于无论那一面。强盗来了，就属于官，当然该被杀掠；官兵既到，该是自家人了罢，但仍然要被杀掠，仿佛又属于强盗似的。这时候，百姓就希望有一个一定的主子，拿他们去做百姓，——不敢，是拿他们去做牛马，情愿自己寻草吃，只求他决定他们怎样跑。

假使真有谁能够替他们决定，定下什么奴隶规则来，自然就“皇恩浩荡”了。可惜的是往往暂时没有谁能定。举其大者，则如五胡十六国的时候，黄巢的时候，五代时候，宋末元末时候，除了老例的服役纳粮以外，都还要受意外的灾殃。张献忠的脾气更古怪了，不服役纳粮的要杀，服役纳粮的也要杀，敌他的要杀，降他的也要杀：将奴隶规则毁得粉碎。这时候，百姓就希望来一个另外的主子，较为顾及他们的奴隶规则的，无论仍旧，或者新颁，总之是有一种规则，使他们可上奴隶的轨道。

“时日曷丧，予及汝偕亡！”愤言而已，决心实行的不多见。实际上大概是群盗如麻，纷乱至极之后，就有一个较强，或较聪明，或较狡猾，或是外族的人物出来，较有秩序地收拾了天下。厘定规则：怎样服役，怎样纳粮，怎样磕头，怎样颂圣。而且这规则是不像现在那样朝三暮四的。于是便“万姓胪欢”了；用成语来说，就叫作“天下太平”。

任凭你爱排场的学者们怎样铺张，修史时候设些什么“汉族发祥时代”“汉族发达时代”“汉族中兴时代”的好题目，好意诚然是可感的，但措辞太绕弯子了。有更其直截了当的说法在这里——

一、想做奴隶而不得的时代；

二、暂时做稳了奴隶的时代。

这一种循环，也就是“先儒”之所谓“一治一乱”；那些作乱人物，从后日的“臣民”看来，是给“主子”清道辟路的，所以说：“为圣天子驱除云尔。”

现在入了那一时代，我也不了然。但看国学家的崇奉国粹，文学家的赞叹固有文明，道学家的热心复古，可见于现状都已不满了。然而我们究竟正向着那一条路走呢？百姓是一遇到莫名其妙的战争，稍富的迁进租界，妇孺则避入教堂里去了，因为那些地方都比较的“稳”，暂不至于想做奴隶而不得。总而言之，复古的，避难的，无智愚贤不肖，似乎都已神往于三百年前的太平盛世，就是“暂时做稳了奴隶的时代”了。

但我们也就都像古人一样，永久满足于“古已有之”的时代么？都像复古家一样，不满于现在，就神往于三百年前的太平盛世么？

自然，也不满于现在的，但是，无须反顾，因为前面还有道路在。而创造这中国历史上未曾有过的第三样时代，则是现在的青年的使命！

二

但是赞颂中国固有文明的人们多起来了，加之以外国人。我常常想，凡有来到中国的，倘能疾首蹙额而憎恶中国，我敢诚意地捧献我的感谢，因为他一定是不愿意吃中国人的肉的！

鹤见祐辅氏在《北京的魅力》中，记一个白人将到中国，预定的暂住时候是一年，但五年之后，还在北京，而且不想回去了。有一天，他们两人一同吃晚饭——

> 在圆的桃花心木的食桌前坐定，川流不息地献着山海的珍味，谈话就从古董，画，政治这些开头。电灯上罩着支那式的灯罩，淡淡的光洋溢于古物罗列的屋子中。什么无产阶级呀，Proletariat 呀那些事，就像不过在什么地方刮风。
>
> 我一面陶醉在支那生活的空气中，一面深思着对于外人有着“魅力”的这东西。元人也曾征服支那，而被征服于汉人种的生活美了；满人也征服支那，而被征服于汉人种的生活美了。现在西洋人也一样，嘴里虽然说着 Democracy 呀，什么什么呀，而却被魅于支那人费六千年而建筑起来的生活的美。一经住过北京，就忘不掉那生活的味道。大风时候的万丈的沙尘，每三月一回的督军们的开战游戏，都不能抹去这支那生活的魅力。

这些话我现在还无力否认他。我们的古圣先贤既给与我们保古守旧的格言，但同时也排好了用子女玉帛所做的奉献于征服者的大宴。中国人的耐劳，中国人的多子，都就是办酒的材料，到现在还为我们的爱国者所自诩的。西洋人初入中国时，被称为蛮夷，自不免个个蹙额，但是，现在则时机已至，到了我们将曾经献于北魏，献于金，献于元，献于清的盛宴，来献给他们的时候了。出则汽车，行则保护：虽遇清道，然而通行自由的；虽或被劫，然而必得赔偿的；孙美瑶掳去他们站在军前，还使官兵不敢开火。何况在华屋中享用盛宴呢？待到享受盛宴的时候，自然也就是赞颂中国固有文明的时候；但是我们的有些乐观的爱国者，也许反而欣然色喜，以为他们将要开始被中国同化了罢。古人曾以女人作苟安的城堡，美其名以自欺曰“和亲”，今人还用子女玉帛为作奴的贽敬，又美其名曰“同化”。所以倘有外国的谁，到了已有赴宴的资格的现在，而还替我们诅咒中国的现状者，这才是真有良心的真可佩服的人！

但我们自己是早已布置妥帖了，有贵贱，有大小，有上下。自己被人凌虐，但也可以凌虐别人；自己被人吃，但也可以吃别人。一级一级的制驭着，不能动弹，也不想动弹了。因为倘一动弹，虽或有利，然而也有弊。我们且看古人的良法美意罢——

天有十日，人有十等。下所以事上，上所以共神也。

> 故王臣公，公臣大夫，大夫臣士，士臣皂，皂臣舆，舆臣隶，隶臣僚，僚臣仆，仆臣台。（《左传》昭公七年）

但是“台”没有臣，不是太苦了么？无须担心的，有比他更卑的妻，更弱的子在。而且其子也很有希望，他日长大，升而为“台”，便又有更卑更弱的妻子，供他驱使了。如此连环，各得其所，有敢非议者，其罪名曰不安分！

虽然那是古事，昭公七年离现在也太辽远了，但“复古家”尽可不必悲观的。太平的景象还在：常有兵燹，常有水旱，可有谁听到大叫唤么？打的打，革的革，可有处士来横议么？对国民如何专横，向外人如何柔媚，不犹是差等的遗风么？中国固有的精神文明，其实并未为共和二字所埋没，只有满人已经退席，和先前稍不同。

因此我们在目前，还可以亲见各式各样的筵宴，有烧烤，有翅席，有便饭，有西餐。但茅檐下也有淡饭，路傍也有残羹，野上也有饿莩；有吃烧烤的身价不资的阔人，也有饿得垂死的每斤八文的孩子（见《现代评论》二十一期）。所谓中国的文明者，其实不过是安排给阔人享用的人肉的筵宴。所谓中国者，其实不过是安排这人肉的筵宴的厨房。不知道而赞颂者是可恕的，否则，此辈当得永远的诅咒！

外国人中，不知道而赞颂者，是可恕的；占了高位，养尊处优，因此受了蛊惑，昧却灵性而赞叹者，也还可恕的。可是还有两种，其一是以中国人为劣种，只配悉照原来模样，因而故意称赞中国的旧物。其一是愿世间人各不相同以增自己旅行的兴趣，到中国看辫子，到日本看木屐，到高丽看笠子，倘若服饰一样，便索然无味了，因而来反对亚洲的欧化。这些都可憎恶。至于罗素在西湖见轿夫含笑，便赞美中国人，则也许别有意思罢。但是，轿夫如果能对坐轿的人不含笑，中国也早不是现在似的中国了。

这文明，不但使外国人陶醉，也早使中国一切人们无不陶醉而且至于含笑。因为古代传来而至今还在的许多差别，使人们各各分离，遂不能再感到别人的痛苦；并且因为自己各有奴使别人，吃掉别人的希望，便也就忘却自己同有被奴使被吃掉的将来。于是大小无数的人肉的筵宴，即从有文明以来一直排到现在，人们就在这会场中吃人，被吃，以凶人的愚妄的欢呼，将悲惨的弱者的呼号遮掩，更不消说女人和小儿。

这人肉的筵宴现在还排着，有许多人还想一直排下去。扫荡这些食人者，掀掉这筵席，毁坏这厨房，则是现在的青年的使命！

一九二五年四月二十九日

1927年

再谈香港

鲁迅

我经过我所视为“畏途”的香港，算起来九月二十八日是第三回。

第一回带着一点行李，但并没有遇见什么事。第二回是单身往来，那情状，已经写过一点了。这回却比前两次仿佛先就感到不安，因为曾在《创造月刊》上王独清先生的通信中，见过英国雇用的中国同胞上船“查关”的威武：非骂则打，或者要几块钱。而我是有十只书箱在统舱里，六只书箱和衣箱在房舱里的。

看看挂英旗的同胞的手腕，自然也可说是一种经历，但我又想，这代价未免太大了，这些行李翻动之后，单是重行整理捆扎，就须大半天；要实验，最好只有一两件。然而已经如此，也就随他如此罢。只是给钱呢，还是听他逐件查验呢？倘查验，我一个人一时怎么收拾呢？

船是二十八日到香港的，当日无事。第二天午后，茶房匆匆跑来了，在房外用手招我道：

“查关！开箱子去！”

我拿了钥匙，走进统舱，果然看见两位穿深绿色制服的英属同胞，手执铁签，在箱堆旁站着。我告诉他这里面是旧书，他似乎不懂，嘴里只有三个字：

“打开来！”

“这是对的，”我想，“他怎能相信漠不相识的我的话呢。”自然打开来，于是靠了两个茶房的帮助，打开来了。

他一动手，我立刻觉得香港和广州的查关的不同。我出广州，也曾受过检查。但那边的检查员，脸上是有血色的，也懂得我的话。每一包纸或一部书，抽出来看后，便放在原地方，所以毫不凌乱。的确是检查。而在这“英人的乐园”的香港可大两样了。检查员的脸是青色的，也似乎不懂我的话。他只将箱子的内容倒出，翻搅一通，倘是一个纸包，便将包纸撕破，于是一箱书籍，经他搅松之后，便高出箱面有六七寸了。

“打开来！”

其次是第二箱。我想，试一试罢。

“可以不看么？”我低声说。

“给我十块钱。”他也低声说。他懂得我的话的。

“两块。”我原也肯多给几块的，因为这检查法委实可怕，十箱书收拾妥帖，至少要五点钟。可惜我一元的钞票只有两张了，此外是十元的整票，我一时还不肯献出去。

“打开来！”

两个茶房将第二箱抬到舱面上，他如法泡制，一箱书又变了一箱半，还撕碎了几个厚纸包。一面“查关”，一面磋商，我添到五元，他减到七元，即不肯再减。其时已经开到第五箱，四面围满了一群看热闹的旁观者。

箱子已经开了一半了，索性由他看去罢，我想着，便停止了商议，只是“打开来”。但我的两位同胞也仿佛有些厌倦了似的，渐渐不像先前一般翻箱倒箧，每箱只抽二三十本书，抛在箱面上，便画了查讫的记号了。其中有一束旧信札，似乎颇惹起他们的兴味，振了一振精神，但看过四五封之后，也就放下了。此后大抵又开了一箱罢，他们便离开了乱书堆：这就是终结。

我仔细一看，已经打开的是八箱，两箱丝毫未动。而这两个硕果，却全是伏园的书箱，由我替他带回上海来的。至于我自己的东西，是全部乱七八糟。

“吉人自有天相，伏园真福将也！而我的华盖运却还没有走完，噫吁唏……”我想着，蹲下去随手去拾乱书。拾不几本，茶房又在舱口大声叫我了：

“你的房里查关，开箱子去！”

我将收拾书箱的事托了统舱的茶房，跑回房舱去。果然，两位英属同胞早在那里等我了。床上的铺盖已经掀得稀乱，一个凳子躺在被铺上。我一进门，他们便搜我身上的皮夹。我以为意在看看名刺，可以知道姓名。然而并不看名刺，只将里面的两张十元钞票一看，便交还我了。还嘱咐我好好拿着，仿佛很怕我遗失似的。

其次是开提包，里面都是衣服，只抖开了十来件，乱堆在床铺上。其次是看提篮，有一个包着七元大洋的纸包，打开来数了一回，默然无话。还有一包十元的在底里，却不被发见，漏网了。其次是看长椅子上的手巾包，内有角子一包十元，散的四五元，铜子数十枚，看完之后，也默然无话。其次是开衣箱。这回可有些可怕了。我取锁匙略迟，同胞已经捏着铁签作将要毁坏铰链之势，幸而钥匙已到，始庆安全。里面也是衣服，自然还是照例的抖乱，不在话下。

“你给我们十块钱，我们不搜查你了。”一个同胞一面搜衣箱，一面说。

我就抓起手巾包里的散角子来，要交给他。但他不接受，回过头去再“查关”。

话分两头。当这一位同胞在查提包和衣箱时，那一位同胞是在查网篮。但那检查法，和在统舱里查书箱的时候又两样了。那时还不过捣乱，这回却变了毁坏。他先将鱼肝油的纸匣撕碎，掷在地板上，还用铁签在蒋径三君送我的装着含有荔枝香味的茶叶的瓶上钻了一个洞。一面钻，一面四顾，在桌上见了一把小刀。这是在北京时用十几个铜子从白塔寺买来，带到广州，这回削过杨桃的。事后一量，连柄长华尺五寸三分。然而据说是犯了罪了。

“这是凶器，你犯罪的。”他拿起小刀来，指着向我说。

我不答话，他便放下小刀，将盐煮花生的纸包用指头挖了一个洞。接着又拿起一盒蚊烟香。

“这是什么？”

“蚊烟香。盒子上不写着么？”我说。

“不是。这有些古怪。”

他于是抽出一枝来，嗅着。后来不知如何，因为这一位同胞已经搜完衣箱，我须去开第二只了。这时却使我非常为难，那第二只里并不是衣服或书籍，是极其零碎的东西：照片，钞本，自己的译稿，别人的文稿，剪存的报章，研究的资料……。我想，倘一毁坏或搅乱，那损失可太大了。而同胞这时忽又去看了一回手巾包。我于是大悟，决心拿起手巾包里十元整封的角子，给他看了一看。他回头向门外一望，然后伸手接过去，在第二只箱上画了一个查讫的记号，走向那一位同胞去。大约打了一个暗号罢，——然而奇怪，他并不将钱带走，却塞在我的枕头下，自己出去了。

这时那一位同胞正在用他的铁签，恶狠狠地刺入一个装着饼类的坛子的封口去。我以为他一听到暗号，就要中止了。而孰知不然。他仍然继续工作，挖开封口，将盖着的一片木板摔在地板上，碎为两片，然后取出一个饼，捏了一捏，掷入坛中，这才也扬长而去了。

天下太平。我坐在烟尘陡乱，乱七八糟的小房里，悟出我的两位同胞开手的捣乱，倒并不是恶意。即使议价，也须在小小乱七八糟之后，这是所以"掩人耳目"的，犹言如此凌乱，可见已经检查过。王独清先生不云乎？同胞之外，是还有一位高鼻子，白皮肤的主人翁的。当收款之际，先看门外者大约就为此。但我一直没有看见这一位主人翁。

后来的毁坏，却很有一点恶意了。然而也许倒要怪我自己不肯拿出钞票去，只给银角子。银角子放在制服的口袋里，沉垫垫地，确是易为主人翁所发见的，所以只得暂且放在枕头下。我想，他大概须待公事办毕，这才再来收账罢。

皮鞋声橐橐地自远而近，停在我的房外了，我看时，是一个白人，颇胖，大概便是两位同胞的主人翁了。

"查过了？"他笑嘻嘻地问我。

的确是的，主人翁的口吻。但是，一目了然，何必问呢？

或者因为看见我的行李特别乱七八糟，在慰安我，或在嘲弄我罢。

他从房外拾起一张《大陆报》附送的图画，本来包着什物，由同胞撕下来抛出去的，倚在壁上看了一回，就又慢慢地走过去了。我想，主人翁已经走过，“查关”该已收场了，于是先将第一只衣箱整理，捆好。

不料还是不行。一个同胞又来了，叫我“打开来”，他要查。接着是这样的问答——

“他已经看过了。”我说。

“没有看过。没有打开过。打开来！”

“我刚刚捆好的。”

“我不信。打开来！”

“这里不画着查过的符号么？”

“那么，你给了钱了罢？你用贿赂……”

“……”

“你给了多少钱？”

“你去问你的一伙去。”

他去了。不久，那一个又忙忙走来，从枕头下取了钱，此后便不再看见，——真正天下太平。

我才又慢慢地收拾那行李。只见桌子上聚集着几件东西，是我的一把剪刀，一个开罐头的家伙，还有一把木柄的小刀。

大约倘没有那十元小洋，便还要指这为“凶器”，加上“古怪”的香，来恐吓我的罢。但那一枝香却不在桌子上。

船一走动，全船反显得更闲静了，茶房和我闲谈，却将这翻箱倒箧的事，归咎于我自己。

“你生得太瘦了，他疑心你是贩雅片的。”他说。

我实在有些愕然。真是人寿有限，“世故”无穷。我一向以为和人们抢饭碗要碰钉子，不要饭碗是无妨的。去年在厦门，才知道吃饭固难，不吃亦殊为“学者”所不悦，得了不守本分的批评。胡须的形状，有国粹和欧式之别，不易处置，我是早经明白的。今年到广州，才又知道虽颜色也难以自由，有人在日报上警告我，叫我的胡子不要变灰色，又不要变红色。至于为人不可太瘦，则到香港才省悟，先前是梦里也未曾想到的。

的确，监督着同胞“查关”的一个西洋人，实在吃得很肥胖。

香港虽只一岛，却活画着中国许多地方现在和将来的小照：中央几位洋主子，手下是若干颂德的“高等华人”和一伙作伥的奴气同胞。此外即全是默默吃苦的“土人”，能耐的死在洋场上，耐不住的逃入深山中，苗瑶是我们的前辈。

九月二十九之夜。海上

1929年

我们

殷夫

我们的意志如烟囱般高挺，

我们的团结如皮带般坚韧，

我们转动着地球，

我们抚育着人类的运命！

我们是流着汗血的，

却唱着高歌的一群。

目前，我们陷在地狱一般黑的坑里，

在我们头上耸着社会的岩层。

没有快乐，幸福，……

但我们却知道我们将要得胜。

我们一步一步地共同劳动着，

向着我们的胜利的早晨走近。

我们是谁?

我们是十二万五千的工人农民!

1934年

中国人失掉自信力了吗

鲁迅

从公开的文字上看起来：两年以前，我们总自夸着“地大物博”，是事实；不久就不再自夸了，只希望着国联，也是事实；现在是既不夸自己，也不信国联，改为一味求神拜佛，怀古伤今了——却也是事实。

于是有人慨叹曰：中国人失掉自信力了。

如果单据这一点现象而论，自信其实是早就失掉了的。先前信“地”，信“物”，后来信“国联”，都没有相信过“自己”。假使这也算一种“信”，那也只能说中国人曾经有过“他信力”，自从对国联失望之后，便把这他信力都失掉了。

失掉了他信力，就会疑，一个转身，也许能够只相信了自己，倒是一条新生路，但不幸的是逐渐玄虚起来了。信“地”

和“物”，还是切实的东西，国联就渺茫，不过这还可以令人不久就省悟到依赖它的不可靠。一到求神拜佛，可就玄虚之至了，有益或是有害，一时就找不出分明的结果来，它可以令人更长久的麻醉着自己。

中国人现在是在发展着“自欺力”。

“自欺”也并非现在的新东西，现在只不过日见其明显，笼罩了一切罢了。然而，在这笼罩之下，我们有并不失掉自信力的中国人在。

我们从古以来，就有埋头苦干的人，有拼命硬干的人，有为民请命的人，有舍身求法的人，……虽是等于为帝王将相作家谱的所谓“正史”，也往往掩不住他们的光耀，这就是中国的脊梁。

这一类的人们，就是现在也何尝少呢？他们有确信，不自欺；他们在前仆后继的战斗，不过一面总在被摧残，被抹杀，消灭于黑暗中，不能为大家所知道罢了。说中国人失掉了自信力，用以指一部分人则可，倘若加于全体，那简直是诬蔑。

要论中国人，必须不被搽在表面的自欺欺人的脂粉所诓骗，却看看他的筋骨和脊梁。自信力的有无，状元宰相的文章是不足为据的，要自己去看地底下。

九月二十五日

1935年

可爱的中国（节选）

方志敏

朋友！中国是生育我们的母亲。你们觉得这位母亲可爱吗？我想你们是和我一样的见解，都觉得这位母亲是蛮可爱蛮可爱的。以言气候，中国处于温带，不十分热，也不十分冷，好像我们母亲的体温，不高不低，最适宜于孩儿们的偎依。以言国土，中国土地广大，纵横万数千里，好像我们的母亲是一个身体魁大、胸宽背阔的妇人，不像日本姑娘那样苗条瘦小。中国许多有名的崇山大岭，长江巨河，以及大小湖泊，岂不象征着我们母亲丰满坚实的肥肤上之健美的肉纹和肉窝？中国土地的生产力是无限的；地底蕴藏着未开发的宝藏也是无限的；废置而未曾利用起来的天然力，更是无限的。这又岂不象征着我们的母亲，保有着无穷的乳汁，无穷的力量，以养育她四万万七千万的孩儿？我想世界上再没有比她养得更多的孩子的母亲吧。至于说到中国天然风景的美丽，我可以说，不但是雄巍的峨眉，妩媚的西湖，幽雅的雁荡，与夫“秀丽甲天下”的桂林山水，可以傲睨一世，令人称羡；其实中国是无地不美，到处皆景，自城市以至乡村，一山一水，一丘一壑，只要稍加修饰和培植，都可以成流连难舍的胜景；这好像我们的母亲，她是一个天姿玉质的美人，她的身体的每一部分，都有令人爱慕之美。中国海岸线之长而且弯曲，照现代艺术家说来，这象征我们母亲富有曲线美吧。咳！母亲！美丽的母亲，可爱的母亲，只因你受着人家的压榨和剥削，弄成贫穷已极；不但不能买一件新的好看的衣服，把你自己装饰起来；甚至不能买块香皂将你全身洗擦洗擦，以致现出怪难看的一种憔悴褴褛和污秽不洁的形容来！啊！我们的母亲太可怜了，一个天生的丽人，现在却变成叫化的婆子！站在欧洲、美洲各位华贵的太太面前，固然是深愧不如，就是站在那日本小姑娘面前，也自惭形秽得很呢！

听着！朋友！母亲躲到一边去哭泣了，哭得伤心得很呀！她似乎在骂着：“难道我四万万七千万的孩子，都是白生了吗？难道他们真像着了魔的狮子，一天到晚地睡着不醒吗？难道他们不知道自己伟大的团结力量，去与残害母亲、剥削母亲的敌人斗争吗？难道他们不想将母亲从敌人手里救出来，把母亲也装饰起来，成为世界上一个最出色、最美丽、最令人尊敬的母亲吗?”朋友，听到没有母亲哀痛的哭骂?是的，是的，母亲骂得对，十分对！我们不能怪母亲好哭，只怪得我们之中出了败类，自己压制自己，眼睁睁地望着我们这位挺慈祥美丽的母亲，受着许多无谓的屈辱，和残暴的蹂躏！这真是我们做孩子们的不是了，简直连一位母亲都爱护不住了！

朋友，看呀！看呀！那名叫“帝国主义”的恶魔的面貌是多么难看呀！在中国许多神怪小说上，也寻不出一个妖精鬼怪的面貌，会有这些恶魔那样的狞恶可怕！满脸满身都是毛，好像它们并不是人，而是人类中会吃人的猩猩！它们的血口，张开起来，好似无底的深洞，几千几万几千万的人类，都会被它吞下去！它们的牙齿，尤其是那伸出口外的獠牙，十分锐利，发出可怕的白光！它们的手，不，不是手呀，而是僵硬硬的铁爪！那么难看的恶魔，那么狰狞可怕的恶魔！一、二、三、四、五，朋友，五个可怕的恶魔，正在包围着我们的母亲呀！朋友，看呀，看到了没有?呸！那些恶魔将母亲搂住呢！用它们的血口，去亲她的嘴、她的脸，用它们的铁爪，去抓破她的乳头、她的可爱的肥肤！呀，看呀！那个戴着粉白的假面具的恶魔，在做什么?它弯身伏在母亲的胸前，用一支锐利的金管子，刺进，呀！刺进母亲的心口，它的血口，套到这金管子上，拼命地吸母亲的血液！母亲多么痛呵，痛得嘴唇都成白色了，噫，其他的恶魔也照样做吗？看！它们都拿出各种金的、铁的或橡皮的管子，套住在母亲身上被它们铁爪抓破流血的地方，都拼命吸起血液来了！母亲，你有多少血液，不要一下子就被它们吸干了吗？

嗄！那矮矮的恶魔，拿出一把屠刀来了！做什么？呸！恶魔！你敢割我们母亲的肉？你想杀死她？咳哟！不好了！一刀！拍的一刀！好大胆的恶魔，居然向我们母亲的左肩上砍下去！母亲的左臂，连着耳朵到颈，直到胸膛，都被砍下来了！砍下了身体的那么一大块——五分之一的那么一大块！母亲的血在涌流出来，她不能哭出声来，她的嘴唇只是在那里一张一张地动，她的眼泪和血在竞着涌流！朋友们！兄弟们！救救母亲呀！母亲快要死去了！

啊！那矮的恶魔怎么那样凶恶，竟将母亲那么一大块身体，就一口生吞下去，还在那里眈眈地望着，像一只饿虎向着驯羊一样地望着！恶魔！你还想砍，还想割，还想把我们的母亲整个吞下去?！兄弟们！无论如何不能与它干休！它砍下而且生吞下去母亲的那么一大块身体！母亲现在还像一个人吗，缺了五分之一的身体？美丽的母亲，变成一个血迹模糊肢体残缺的人了。兄弟们，无论如何，不能与它干休，大家冲上去，捉住那只恶魔，用铁拳痛痛地捶它，捶得它张开口来，吐出那块被生吞下去的母亲身体才算，决不能让它在恶魔的肚子里消化了去，成了它的滋养料！我们一定要回来一个完整的母亲，绝对不能让她的肢体残缺呀！

呸！那是什么人？他们也是中国人，也是母亲的孩子？那么为什么去帮助恶魔来杀害自己的母亲呢？你们看！他们在恶魔持刀向母亲身上砍的时候，很快地就把砍下来的那块身体，双手捧到恶魔血口中去！他们用手拍拍恶魔的喉咙，使它快吞下去；现在又用手去摸摸恶魔的肚皮，增进它的胃之消化力，好让快点消化下去。他们都是所谓高贵的华人，怎样会那么恭顺地秉承恶魔的意旨行事？委曲求欢，丑态百出！可耻，可耻！傀儡，卖国贼！狗彘不食的东西！狗彘不食的东西！你们帮助恶魔来杀害自己的母亲，来杀害自己的兄弟，到底会得到什么好处?！我想你们这些无耻的人们呵！你们当傀儡、当汉奸、当走狗的代价，至多只能伏在恶魔的肛门边或小便上，去吸取它把母亲的肉、母亲的血消化完了排泄出来的一点粪渣和尿滴！那是多么可鄙弃的人生呵！

朋友，看！其余的恶魔，也都拔出刀来，馋涎欲滴地望着母亲的身体，难道也像矮的恶魔一样来分割母亲吗？啊！不得了，他们如果都来操刀而割，母亲还能活命吗？她还不会立即死去吗？那时，我们不要变成了无母亲的孩子吗？咳！亡了母亲的孩子，不是到处更受人欺负和侮辱吗？朋友们，兄弟们，赶快起来，救救母亲呀！无论如何，不能让母亲死亡的呵！

朋友，你们以为我在说梦呓吗？不是的，不是的，我在呼喊着大家去救母亲呵！再迟些时，她就要死去了。

朋友，从崩溃毁灭中，救出中国来，从帝国主义恶魔生吞活剥下，救出我们垂死的母亲来，这是刻不容缓的了。但是，到底怎样去救呢？是不是由我们同胞中，选出几个最会做文章的人，写上一篇十分娓娓动听的文告或书信，去劝告那些恶魔停止侵略呢？还是挑选几个最会演说、最长于外交辞令的人，去向他们游说，说动他们的良心，自动地放下屠刀不再宰割中国呢？抑或挑选一些顶善哭泣的人，组成哭泣团，到他们面前去，长跪不起，哭个七日七夜，哭动他们的慈心，从中国撤手回去呢？再或者……我想不讲了，这些都不会丝毫有效的。哀求帝国主义不侵略和灭亡中国，那岂不等于哀求老虎不吃肉？那是再可笑也没有了。我想，欲求中国民族的独立解放，决不是哀告、跪求、哭泣所能济事，而是唤起全国民众起来斗争，都手执武器，去与帝国主义进行神圣的民族革命战争，将他们打出中国去，这才是中国唯一的出路，也是我们救母亲的唯一方法，朋友，你们说对不对呢？

…………

不错，目前的中国，固然是江山破碎，国弊民穷，但谁能断言，中国没有一个光明的前途呢？不，决不会的，我们相信，中国一定有个可赞美的光明前途。中国民族在很早以前，就造起了一座万里长城和开凿了几千里的运河，这就证明中国民族伟大无比的创造力！中国在战斗之中一旦斩去了帝国主义的锁链，肃清自己阵线内的汉奸卖国贼，得到了自由与解放，这种创造力，将会无限地发挥出来。到那时，中国的面貌将会被我们改造一新。所有贫穷和灾荒，混乱和仇杀，饥饿和寒冷，疾病和瘟疫，迷信和愚昧，以及那慢性的杀灭中国民族的鸦片毒物等等，这些都是帝国主义带给我们的可憎的赠品，将来也要随着帝国主义的赶走而离去中国了。朋友，我相信，到那时，到处都是活跃的创造，到处都是日新月异的进步，欢歌将代替了悲叹，笑脸将代替了哭脸，富裕将代替了贫穷，康健将代替了疾苦，智慧将代替了愚昧，友爱将代替了仇杀，生之快乐将代替了死之悲哀，明媚的花园将代替了凄凉的荒地！这时，我们民族就可以无愧色地立在人类的面前，而生育我们的母亲，也会最美丽地装饰起来，与世界上各位母亲平等地携手了。

这么光荣的一天，决不在辽远的将来，而在很近的将来，我们可以这样相信的，朋友！

1935年

清贫

方志敏

我从事革命斗争，已经十余年了。在这长期的奋斗中，我一向是过着朴素的生活，从没有奢侈过。经手的款项，总在数百万元；但为革命而筹集的金钱，是一点一滴地用之于革命事业。这在国方（指国民党方面）的伟人们看来，颇似奇迹，或认为夸张；而矜持不苟，舍己为公，却是每个共产党员具备的美德。所以，如果有人问我身边有没有一些积蓄，那我可以告诉你一桩趣事：

就在我被俘的那一天——一个最不幸的日子，有两个国方兵士，在树林中发现了我，而且猜到我是什么人的时候，他们满肚子热望在我身上搜出一千或八百大洋，或者搜出一些金镯金戒指一类的东西，发个意外之财。哪知道从我上身摸到下身，从袄领捏到袜底，除了一只时表和一支自来水笔之外，一个铜板都没有搜出。他们于是激怒起来了，猜疑我是把钱藏在哪里，不肯拿出来。他们之中有一个，左手拿着一个木柄榴弹，右手拉出榴弹中的引线，双脚拉开一步，做出要抛掷的姿势，用凶恶的眼光盯住我，威吓地吼道：

“赶快将钱拿出来，不然就是一炸弹，把你炸死去！”

“哼！你不要做出那难看的样子来吧！我确实一个铜板都没有存；想从我这里发洋财，是想错了。”我微笑着淡淡地说。

“你骗谁！像你当大官的人会没有钱！”拿榴弹的兵士坚不相信。

“绝不会没有钱的，一定是藏在哪里，我是老出门的，骗不得我。”另一个兵士一面说，一面弓着背重来一次将我的衣角裤裆过细地捏，总企望着有新的发现。

“你们要相信我的话，不要瞎忙吧！我不比你们国民党当官，个个都有钱，我今天确实是一个铜板也没有，我们革命不是为着发财啦！”我再向他们解释。

等他们确知在我身上搜不出什么的时候，也就停手不搜了；又在我藏躲地方的周围，低头注目搜寻了一番，也毫无所得，他们是多么的失望呵！那个持弹欲放的兵士，也将拉着的引线，仍旧塞进榴弹的木柄里，转过来来抢夺我的表和水笔。

后彼此说定表和笔卖出钱来平分，才算无话。他们用怀疑而又惊异的目光，对我自上而下地望了几遍，就同声命令地说："走吧！"

是不是还要问问我家里有没有一些财产？请等一下，让我想一想，啊，记起来了，有的有的，但不算多。去年暑天我穿的几套旧的汗褂裤，与几双缝上底的线袜，已交给我的妻放在深山坞里保藏着——怕国军进攻时，被人抢了去，准备今年暑天拿出来再穿；那些就算是我唯一的财产了。但我说出那几件"传世宝"来，岂不要叫那些富翁们齿冷三天?!

清贫，洁白朴素的生活，正是我们革命者能够战胜许多困难的地方！

一九三五年五月二十六日写于囚室

1935年

中华民族是整个的

傅斯年

中华民族是整个的！

这一句话怎么讲呢？原来二千几百年以前，中国各地有些不同的民族，说些多少不同的方言，据有高下不齐之文化。经过殷周两代的严格政治之约束，东周数百年中经济与人文之发展，大一统思想之深入人心，在公元前二二一年，政治统一了。又凭政治的力量，“书同文，车同轨，行同伦”。自从秦汉之盛时算起，到现在二千多年，虽有时候因为外夷之侵入，南北分裂，也有时候因为奸雄之割据，列国并立，然而这都是人力强的事实，都是违背物理的事实。一旦有适当的领袖，立时合为一家。北起朔漠，南至琼崖交趾，西起流沙，东至鸡林玄菟，这是天然赐给我们中华民族的田园。我们中华民族，说一种话，写一种字，据同一的文化，行同一的伦理，俨然是一个家族。也有凭附在这个民族上的少数民族，但我们中华民族自古有一种美德，便是无歧视小民族的偏见，而有四海一家之风度。即如汉武帝，正在打击匈奴用气力的时候，便用一个匈奴俘虏做顾命大臣；在昭帝时，金日磾竟和霍光同辅朝政。到了现在，我们对前朝之旗籍毫无歧视，汉满之旧恨，随清朝之亡而消灭。这是何等超越平凡的胸襟？所以世界上的民族，我们最大；世界上的历史，我们最长。这不是偶然，是当然。“中华民族是整个的”一句话，是历史的事实，更是现在的事实。

有时不幸，中华民族在政治上分裂了，或裂于外族，或裂于自身。在这时候，人民感觉无限痛苦，所渴望者，只是天下一统。未统一时，梦想一统，既一统时，庆幸一统，一统受迫害时，便表示无限的愤慨。文人如此，老百姓亦复如此。居心不如此者，便是社会上之捣乱分子，视之为败类，名之曰寇贼，有力则正之以典刑，无力则加之以消极的抵抗。

中国经辛亥年的革命，由帝制进为共和，一统的江山俨然不改。只可惜政治上不得领袖，被袁世凯遗留下些冤孽恶魔。北廷则打进打出速度赛过五季，四方则率土分崩，复杂超于十国。中山先生执大义以励国民，国民赴之，如水之就下。民国十五六年以来，以北方军阀之恶贯满盈，全国居然统一；平情而论，统一后之施政，何曾全是朝气，统一后之两次大战，尤其斫丧国家之元气。中年失望，自甘于颓废，青年失望，极端的左倾。即以我个人论，也是失望已极之人，逃身于不关世务之学，以求不闻不见者。然而在如此情势之下，仍然统一，在如此施政之下，全国之善良国民，仍然拥护中央政府者，岂不因为中华民族本是一体，前者以临时的阻力，偶呈极不自然的分裂现象，一朝水到渠成，谁能御之？所以这些年以来，我们老百姓的第一愿望是统一，第一要求是统一，最大的恐惧是不统一，最大的怨恨是对于破坏统一者。

这个心理有最近的两个事实明白表示出来，段芝泉先生本是北洋耆旧，论其个人，刚性高节，本可佩服，论其政治的贡献，则师心自用，纵容群下，《春秋》责备贤者，正不必为之讳，然自其避地南归之后，无论何种政治思想者，除共产党外，无不钦佩他，他居然是无疑的民国之元功，社会之三老。所有安福政绩，在国民心中一齐消账。至其最近“股东不同意”（见《益世报》）之表示，尤为社会上称道不已。又如阎百川先生，虽在北方有最老之资格，其人之勤俭朴诚，爱惜地方，尤为国人所称道，然其见识与办法，亦有多人不以为然，且有嘲笑之者，自从他毅然决然飞到南京去，全国人都另眼相看，以为此老毕竟高人一筹，不待耕者有其田，他老先生已经有了全国人的心田！这种国民心理的转移，不是明白表示国人渴望国家不分裂吗?

然而这些天里，平津一带“空穴来风”，有所谓自治运动。若说这是民意，民在哪里?若说这是社会上的事件，请问谁是出名领导的人?若问国人的心，他们只是希望统一，以便安居乐业。雇来的苦力不足为民众，租界上住着昔曾大量剥削人民后经天然淘汰之官僚军阀，不配算领袖，满街撒的黄纸条，都是匿名帖子!天下哪里有不具名的政治运动?黑市上哪里有正人?孔子有一句现成话:“将谁欺，欺天乎?”

所谓要求自治，虽然闻其声（黑路上的怪声）不见其人，而发挥其良心之主张，在平津者有教育界（宣言见上星期日《大公报》)，其他各界虽未宣言，居心无二。这个宣言，初签名者数十人，到了第二天，几有千人，这才是民意的负责表示。宣言中指明这是破坏国家领土完整的阴谋，这才是有识人民的明确认识!

我终不相信此间事情就此恶化下去了，因为此间地方最高当局宋商二公之人格与历史是国民信赖不疑的，就宋主任说，他是西北军中最忠实的将军，从冯焕章先生经过无数艰苦，不曾弃他，这地方最足以表显其忠心的气节。忠于主帅者，自易忠于国家，何况他的捍卫国家的勋绩，虽在妇人孺子，至今称道。就商主席说，他早年便是志士，后来在北方军阀罪恶贯盈的时代，他最先在绥远举义。至其卫国之功，正与宋公伯仲。

所以我深信他们决无忽然改换其自身历史，堕于大海中之理，所以在此汹汹之局，我们穷学究尚在此地安心默祝国家多福！

不过，伪造民意，扰乱人心的各种阴谋，也是可虑的。负责当局，应以国家民族的立场，把背叛国家的败类，从严防范，尽法惩治！

1936年

我的孩子要代替母亲继续斗争

赵一曼

宁儿：

母亲对于你没有能尽到教育的责任，实在是遗憾的事情。

母亲因为坚决地做了反满抗日的斗争，今天已经到了牺牲的前夕了。

母亲和你在生前是永久没有再见的机会了。希望你，宁儿啊！赶快成人，来安慰你地下的母亲！我最亲爱的孩子啊！母亲不用千言万语来教育你，就用实行来教育你。

在你长大成人之后，希望你不要忘记你的母亲是为国而牺牲的！

一九三六年八月二日

你的母亲赵一曼于车中

亲爱的我的可怜的孩子：

母亲到东北来找职业，今天这样不幸的最后，谁又能知道呢？

母亲的死不足惜，可怜的是我的孩子，没有能给我担任教育的人。母亲死后，我的孩子要代替母亲继续斗争，自己壮大成长，来安慰九泉之下的母亲！你的父亲到东北来死在东北，母亲也步着他的后尘。我的孩子，亲爱的可怜的我的孩子啊！

母亲也没有可说的话了，我的孩子要好好学习，就是母亲最后的一线希望。

一九三六年八月二日

在临死前的你的母亲

1938年

做一个战士

巴金

一个年轻的朋友写信问我："应该做一个什么样的人？"我回答他："做一个战士。"

另一个朋友问我："怎样对付生活？"我仍旧答道："做一个战士。"

《战士颂》的作者曾经写过这样的话：

> 我激荡在这绵绵不息、滂沱四方的生命洪流中，我就应该追逐这洪流，而且追过它，自己去造更广、更深的洪流。
>
> 我如果是一盏灯，这灯的用处便是照彻那多量的黑暗。我如果是海潮，便要鼓起波涛去洗涤海边一切陈腐的

积物。

这一段话很恰当地写出了战士的心情。

在这个时代，战士是最需要的。但是这样的战士并不一定要持枪上战场。他的武器也不一定是枪弹。他的武器还可以是知识、信仰和坚强的意志。他并不一定要流仇敌的血，却能更有把握地致敌人的死命。

战士是永远追求光明的。他并不躺在晴空下享受阳光，却在暗夜里燃起火炬，给人们照亮道路，使他们走向黎明。驱散黑暗，这是战士的任务。他不躲避黑暗，却要面对黑暗，跟躲藏在阴影里的魑魅、魍魉搏斗。他要消灭它们而取得光明。战士是不知道妥协的。他得不着光明便不会停止战斗。

战士是永远年轻的。他不犹豫，不休息。他深入人丛中，找寻苍蝇、毒蚊等等危害人类的东西。他不断地攻击它们，不肯与它们共同生存在一个天空下面。对于战士，生活就是不停的战斗。他不是取得光明而生存，便是带着满身伤痕而死去。在战斗中力量只有增长，信仰只有加强。在战斗中给战士指路的是“未来”，“未来”给人以希望和鼓舞。战士永远不会失去青春的活力。

战士是不知道灰心与绝望的。他甚至在失败的废墟上，还要堆起破碎的砖石重建九级宝塔。任何打击都不能击破战士的意志。只有在死的时候他才闭上眼睛。

战士是不知道畏缩的。他的脚步很坚定。他看定目标，便一直向前走去。他不怕被绊脚石摔倒，没有一种障碍能使他改变心思。假象绝不能迷住战士的眼睛，支配战士的行动的是信仰。他能够忍受一切艰难、痛苦，而达到他所选定的目标。除非他死，人不能使他放弃工作。

这便是我们现在需要的战士。这样的战士并不一定具有超人的能力。他也是一个平凡的人。每个人都可以做战士，只要他有决心。所以我用“做一个战士”的话来激励那些在彷徨、苦闷中的年轻朋友。

一九三八年七月十六日在上海

1938年

爱护同胞

丰子恺

我们中华民族，现在虽受暴敌的残害，但内部因此而发生一种从来未有的好现象，就是同胞的愈加亲爱。这可使我们欣慰而且勉励。这好现象的制造者，大都是热情的少年。我现在就把我所亲见的两桩事告诉全国的少年们。

我于故乡失守的前一天，带了家族老幼十人和亲戚三人（自三岁至七十岁），离开浙江石门湾，转徙流离，备尝艰苦。三个多月之后，三月十二日，幸而平安地到了湖南的湘潭。本地并没有我的朋友。长沙的朋友代我在湘潭乡下觅得一间房子。所以我来到湘潭，预备把家眷在这房子里暂时安顿的。我到了湘潭，先住在一所小旅馆里。次晨冒着雪，步行到乡下去接洽那间房子。我以前没有到过湘潭，路头完全不懂。好容易走出市梢，肚子饿起来，就在一所小店里吃一碗面。面店里的人听我的口音不是本地人，同我攀谈起来。我一面吃面，一面把流离的经过和下乡的目的告诉他们。我的桌子旁边围集了许多人，对我发许多质问和许多太息。最后知道我下乡不懂得路，大家指手划脚地教我。内中有一位十三四岁的少年，身穿制服，似是学生，一向目不转睛地静听我讲，这时忽然立起来，对我说："我陪你去！"旁的大人们都欢喜赞善。于是我就得了一位小向导，两人一同下乡去。

冒雪走了约半小时，小向导指着一所大屋对我说："前面就是你接洽房屋的地方，你自己去找人吧！"我谢了他，请他先回。他点点头，但不回身，站在雪中看我去敲门。

我走进屋子，找到长沙友人所介绍的友人，才知道所定的房屋，已于前几天被兵士占据，而附近再没有空的房子可给我住。那位朋友说："现在湘潭有人满之患，房屋很不易找，你须得在旅馆里住上十天八天，才有希望呢，一下子是找不到的。"言下十分惋惜，但是爱莫能助。我们又谈了些闲话，大约坐了半小时，我方告别。走出门，心中很焦灼。另找房屋，我没有本地的朋友可托，即使有之，我们十余人住在旅馆里等，每天要花八九块钱（每人每日连伙食六角），十天八天是开销不起的。不住旅馆，这一大群老幼怎么办呢？正在进退两难，踌躇不前的时候，抬起头来，看见我的小向导还是站在雪中，扬声问道："房子找到么？"原来他替我担心，要等了回音才可安心回去。我只得对他直说。他连声说："怎么办呢？怎么办呢？"但也是爱莫能助。我十分感激他的爱护同胞的诚意，想安慰他，假意说道："我城里还有朋友，可以再托他们到别处去找，谢谢你的好意！我们一同回去吧。"这位少年始终替我担心。直到分别，他的眉头没有展开。后来我终于无法在湘潭找屋，当日乘轮赴长沙。轮船离开湘潭的时候，匆忙中还想起这位爱护同胞的少年，在心中郑重地向他告别。

还有一桩事，是在长沙所见的。初到长沙这几天，我在街上四处漫跑，借以认识这城市的面目。有一个下雨的下午，我跑到轮船埠附近，看见前面聚着一簇人，似乎发生什么事件。挤进去一看，但见许多人围着一个孩子，在那里谈论。探听一下，才知道这孩子是从上海附近的昆山逃出来的难民，今年才九岁。原来跟着父母同走，半途上父母都被敌人炸死，只剩他一个。幸有同乡人收领，带他到湘潭。但这同乡人自己的生活也很困难，最近而且生病了。这孩子自知难于久留，向同乡借了几毛钱，独自来长沙，做乞丐度日。他身上非常褴褛。一件夹袄经过数月的流离，已经破碎不堪。脚上的鞋子两头都已开花，脚趾都看见了。春寒料峭，他站在微雨中浑身发抖。周围都是湖南人。你一句，我一声地盘问他。在他多半听不懂，不能回答。我两方面的话都懂得，就站出来当翻译。因此旁人得知其详，大家摸出铜板或角票来送他。我也送了他两毛钱。群众渐渐散去，我替他合计一下已得布施二元三角和数十铜板。九岁的孩子，言语不通，叫他怎样处置这钱呢？我正为他担忧，最后散去的四位少年就来替他设法。他们都是十四五至十六七岁的人，本来混在群众里观看，曾经出过钱，现在又出来替他处置这钱。有一位少年说："他自己不会买物，我们替他代买吧。"另一位说："先替他买一件棉袄。"又一位少年说："再替他买一双鞋子。"又一位少年说："一双球鞋就行。晴天雨天都可穿。"于是大家替他打算价钱，商量买的地方。更进一步，为他设法住的地方。有的说送他进难民收容所。有的说送他到某人家里。随后，四位少年就带他同走。我正惭愧无法帮忙，少年们举手对我告别，说道："你老人家回去吧，我们会给他想法子的！"我目送这五个人转了弯，不见了，然后独自回寓。我以前曾给《爱的教育》画插图。今天所见的，真像是《爱的教育》中的插图之一。

上述的两桩事，可以证明我们中国人因了暴敌的侵凌，而内部愈加亲爱，愈加团结起来。我从浙江石门湾跑到长沙，走了三千里路。当初预想，此去离乡背井，举目无亲，一定不堪流离失所之苦。岂知不但一路平安无事，而且处处受到老百姓的同情，和兵士的帮助，使我在离乡三千里外，毫无"异乡"之感。原来今日的中国，已无乡土之别，四百兆都是一家人了。我们本来分居各省，对于他省地理不甚熟悉。为了抗战，在报纸上习见各省的地名，常闻各地的情状，对于本国地理就很熟悉，视全国如一大厦，视各省如各房室了。我们本来各操土音，对于他省的方言不甚理解。为了流离，各地人民杂处，各种方言就互相混杂。浙江白迁就湖南白，湖南白迁就浙江白，到后来也不分彼此，互相理解了。况且同是受暴敌的侵凌，相逢何必曾相识？所以我国民族观念之深和团结力之强，于现今为最烈！这是很可庆慰的事，也是应该更加勉励的事。少年们富有热情，且出于天真，故其言行最易动人。希望大家利用这国难的机会，努力爱护同胞，团结内部。古语云："众志成城。"我们四百兆人团结所成的城，是任何种炮火所不得攻破的！

一九三八年

1939年

战

老舍

东亚文化之母，
这五千年和蔼的古邦，
没有过铁血的崇拜，
没有过侵略的疯狂，
就是从佛土摹得一点迷信，
也不过要群生普渡，爱及牛羊。
可是今天我们血流成海，
整个的民族拿起刀枪：
离弃了祖坟所在的田园村舍，
任秋风秋雨打坏了豆蔓瓜秧；
诀别了红衫蓝裤的小儿女，

驱着辕马耕牛走上战场；
黄风自荒沙大漠上吹起，
血腥从北国荡到珠江；
静美的农村，繁华的城市，
斑斑的血迹，连天的火光；
工农商军齐在呐喊，
炮火与杀声撼动着礼乐之邦。
为何呐喊？
谁的主张？
五千载的博衣大带，
怎么一日改换武装？
啊，全民族的呐喊！
全民族的主张！
有口的谁肯沉默！
有心的谁肯投降！
不从血里把和平建起，
和平的古国今朝就灭亡！
走，我们迎上前去，
力壮的拖炮，力小的担筐！
再见，亲爱的妻女，
再见，年迈的爹娘！

也许迎敌在黄河的渡口，
也许殉难在没有想到过的地方；
今朝我们无泪可洒，
舍身为国，先舍了故乡！
听，机关枪在黑夜狂笑，
看，东海的倭寇在烧掠村庄！
迎上去，我们为这个而战，
为不做奴隶，为国家的兴亡！
在平日，我们汗滴禾下土；
今天啊，用血洗净被辱的故乡！
千百代的祖先埋在这里，
谁能不死，走，拼死去保住祖邦！
炮声压不下我们的歌唱，
草笠上的露珠闪着金光；
青天作幕，守住我们每一寸国土，
为国雪耻，管什么冷暖风霜！
我们高唱，歌声悲壮，
为自由，为自由，齐赴沙场；
历史的光荣，当仁不让，
要作今天的岳武穆、文天祥！
对着患难，我们把胸挺起，

在礼教中长起，为正义而刚强；

并非好武，

不是疯狂，

对不许我们自由活着的，

我们毫不迟疑的拿起刀枪！

1941年

给流亡异地的东北同胞书

萧红

沦落在异地的东北同胞们：

当每个中秋的月亮快圆的时候，我们的心总被悲哀装满。想起高粱油绿的叶子，想起白发的母亲或幼年的亲眷。

他们的希望曾随着秋天的满月，在幻想中赊欠了十次。而每次都是月亮如期的圆了，而你们的希望却随着高粱叶子萎落。但是，自从“八一三”之后，上海的炮火响了，中国政府的积极抗战揭开，成了习惯的愁惨的日子，却在炮火的交响里，换成了鼓动、兴奋和感激。这时，你们一定也流泪了，这是鼓舞的泪，兴奋的泪，感激的泪。

记得抗战以后，第一个可欢笑的“九一八”是怎样纪念的呢？

中国飞行员在这天做了突击的工作。他们对于出云舰的袭击做了出色的成绩。

那夜里，江面上的日本神经质的高射炮手，浪费地惊恐地射着炮弹，用红色的、绿色的、淡蓝色的炮弹把天空染红了。但是我们的飞行员，仍然以精确的技巧和沉毅的态度（他们有好多是东北的飞行员）来攻击这摧毁文化、摧残和平的法西斯魔手。几百万的市民都仰起头来寻觅——其实他们什么也看不见的，但他们一定要看，在黑魆魆的天空里，他们看见了我们民族的自信和人类应有的光辉。

第一个煽惑起东北同胞的思想的是：

“我们就要回老家了！”

家乡多么好呀，土地是宽阔的，粮食是充足的，有顶黄的金子，有顶亮的煤，鸽子在门楼上飞，鸡在柳树下啼着，马群越着原野而来，黄豆像潮水似的在铁道上翻涌。

人类对着家乡是何等的怀恋呀，黑人对着“迪斯”痛苦的向往；爱尔兰诗人夏芝一定要回到那“蜂房一窠，菜畦九垄”的“茵尼斯”去不可；水手约翰·曼殊斐尔（英国桂冠诗人）狂热地要回到海上。

但是等待了十年的东北同胞，十年如一日，我们的心火越着越亮，而且路子显得越来越清楚。我们知道我们的路，我们知道我们的作战位置——我们的位置，就是站在别人的前边的那个位置。我们应该是第一个打开门而是最末走进去的人。

抗战到现在已经遭遇到最艰苦的阶段，而且也就是最后胜利接近的阶段。在杰克·伦敦所写的一篇短篇小说上，描写两个拳师在冲击的斗争里，只系于最后的一拳。而那个可怜的老拳师，所以失败了的原因，也只在少吃了一块“牛扒”。假如事先他能吃得饱一点，胜利的一定是他。中国的胜利已经过了这个最后阶段，而东北人民在这里是决定的一环。

东北流亡的同胞们，我们的地大物博，决定了我们的沉着毅勇，正如敌人的家当使他们急功切进一样。在最后的斗争里，谁打得最沉着，谁就会得胜。

我们应该献身给祖国做前卫工作，就如我们应该把失地收复一样，这是我们的命运。

东北流亡同胞，为了失去的土地上的大豆、高粱，努力吧！为了失去的土地上的年老的母亲，努力吧！为了失去的土地上的痛心的一切的记忆，努力吧！

谨此即颂

健康

1941年

九一八致弟弟书

萧红

可弟：小战士，你也做了战士了，这是我想不到的。

世事恍恍惚惚的就过了；记得这十年中只有那么一个短促的时间是与你相处的，那时间短到如何程度，现在想起就像连你的面孔还没有来得及记住，而你就去了。

记得当我们都是小孩子的时候，当我离开家的时候，那一天的早晨你还在大门外和一群孩子玩着。那时你才是十三四岁的孩子，你什么也不懂，你看着我离开家向南大道上奔去，向着那白银似的满铺着雪的无边的大地奔去。你连招呼都不招呼，你恋着玩，对于我的出走，你连看我也不看。

而事隔六七年，你也就长大了，有时写信给我，因为我的漂流不定，信有时收到，有时收不到。但在收到信中我读了之后，竟看不见你，不是因为那信不是你写的，而是在那信里边你所说的话，都不像是你说的。这个不怪你，都只怪我的记忆力顽强，我就总记着，那顽皮的孩子是你，会写了这样的信的，会说了这样的话的，哪能够是你。比方说——生活在这边，前途是没有希望，等等。

这是什么人给我的信，我看了非常的生疏，又非常的新鲜，但心里边都不表示什么同情，因为我总有一个印象，你晓得什么，你小孩子，所以我回你的信的时候，总是愿意说一些空话，问一问家里的樱桃树这几年结樱桃多少？红玫瑰依旧开花否？或者是看门的大白狗怎样了？关于你的回信，说祖父的坟头上长了一棵小树。在这样的话里，我才体味到这信是弟弟写给我的。

但是没有读过你的几封这样的信，我又走了。越走越离得你远了，从前是离着你千百里远，那以后就是几千里了。

而后你追到我最先住的那地方，去找我，看门的人说，我已不在了。

而后婉转的你又来了信，说为着我在那地方，才转学也到那地方来念书。可是你扑空了。我已经从海上走了。

可弟，我们都是自幼没有见过海的孩子，可是要沿着海往南下去了，海是生疏的，我们怕，但是也就上了海船，飘飘荡荡的，前边没有什么一定的目的，也就往前走了。

那时到海上来的，还没有你们，而我是最初的。我想起来一个笑话，我们小的时候，祖父常讲给我们听，我们本是山东人，我们的曾祖，担着担子逃荒到关东的。而我们又将是那个未来的曾祖了，我们的后代也许会在那里说着，从前他们也有一个曾祖，坐着渔船，逃荒到南方的。

我来到南方，你就不再有信来。一年多又不知道你那方面的情形了。

不知多久，忽然又有信来，是来自东京的，说你是在那边念书了。恰巧那年我也要到东京去看看。立刻我写了一封信给你，你说暑假要回家的，我写信问你，是不是想看看我，我大概七月下旬可到。

我想这一次可以看到你了。这是多么出奇的一个奇遇。因为想也想不到，会在这样一个地方相遇的。

我一到东京就写信给你，你住的是神田町，多少多少番。本来你那地方是很近的，我可以请朋友带了我去找你。但是因为我们已经不是一个国度的人了，姐姐是另一国的人，弟弟又是另一国的人。直接地找你，怕与你有什么不便。信写去了，约的是第三天的下午六点在某某饭馆等我。

那天，我特别穿了一件红衣裳，使你很容易地可以看见我。我五点钟就等在那里，因为我在猜想，你如果来，你一定要早来的。我想你看到了我，你多少喜欢。而我也想到了，假如到了六点钟不来，那大概就是已经不在了。

一直到了六点钟，没有人来，我又多等了一刻钟，我又多等了半点钟，我想或者你有事情会来晚了的。到最后的几分钟，竟想到，大概你来过了，或者已经不认识我，因为始终看不见你，第二天，我想还是到你住的地方看一趟，你那小房是很小的。有一个老婆婆，穿着灰色大袖子衣裳，她说你已经在月初走了，离开了东京了，但你那房子里还下着竹帘子呢。帘子里头静悄悄的，好像你在里边睡午觉的。

半年之后，我还没有回上海，不知怎么的，你又来了信，这信是来自上海的，说你已经到了上海，是到上海找我的。

我想这可糟了，又来了一个小吉卜西。

这流浪的生活，怕你过不惯，也怕你受不住。

但你说："你可以过得惯，为什么我过不惯。"

于是你就在上海住下了。

等我一回到上海，你每天到我的住处来，有时我不在家，你就在楼廊等着，你就睡在楼廊的椅子上，我看见了你的黑黑的人影，我的心里充满了慌乱。我想这些流浪的年轻人，都将流浪到哪里去，常常在街上碰到你们的一伙，你们都是年轻的，都是北方的粗直的青年。内心充满了力量，你们是被逼着来到这人地生疏的地方，你们都怀着万分的勇敢，只有向前，没有回头。但是你们都充满了饥饿，所以每天到处找工作。你们是可怕的一群，在街上落叶似的被秋风卷着，寒冷来的时候，只有弯着腰，抱着膀，打着寒颤。肚里饿着的时候，我猜得到，你们彼此地乱跑，到处看看，谁有可吃的东西。

在这种情形之下，从家跑来的人，还是一天一天地增加，这自然都说是以往，而并非是现在。现在我们已经抗战四年了。在世界上还有谁不知我们中国的英勇，自然而今你们都是战士了。

不过在那时候，因此我就有许多不安。我想将来你到什么地方去，并且做什么？

那时你不知我心里的忧郁，你总是早上来笑着，晚上来笑着。似乎不知道为什么你已经得到了无限的安慰了。似乎是你所存在的地方，已经绝对安然了，进到我屋子来，看到可吃的就吃，看到书就翻，累了，躺在床上就休息。

你那种傻里傻气的样子，我看了，有的时候，觉得讨厌，有的时候也觉得喜欢，虽是欢喜了，但还是心口不一地说："快起来吧，看这么懒。"

不多时就七七事变，很快你就决定了，到西北去，做抗日军去。

你走的那天晚上，满天都是星，就像幼年我们在黄瓜架下捉着虫子的那样的夜，那样黑黑的夜，那样飞着萤虫的夜。

你走了，你的眼睛不大看我，我也没有同你讲什么话。我送你到了台阶上，到了院里，你就走了。那时我心里不知道想什么，不知道愿意让你走，还是不愿意。只觉得恍恍惚惚的，把过去的许多年的生活都翻了一个新，事事都显得特别真切，又都显得特别的模糊，真所谓有如梦寐了。

可弟，你从小就苍白，不健康，而今虽然长得很高了，仍旧是苍白不健康，看你的读书、行路，一切都是勉强支持。精神是好的，体力是坏的，我很怕你走到别的地方去，支持不住，可是我又不能劝你回家，因为你的心里充满了诱惑，你的眼里充满了禁果。

恰巧在抗战不久，我也到山西去，有人告诉我你在洪洞的前线，离着我很近，我转给你一封信，我想没有两天就可看到你了。那时我心里可开心极了，因为我看到不少和你那样年轻的孩子们，他们快乐而活泼，他们跑着跑着，当工作的时候嘴里唱着歌。这一群快乐的小战士，胜利一定属于你们的，你们也拿枪，你们也担水，中国有你们，中国是不会亡的。因为我的心里充满了微笑。虽然我给你的信，你没有收到，我也没能看见你，但我不知为什么竟很放心，就像见到了你的一样。因为你也是他们之中的一个，于是我就把你忘了。

但是从那以后，你的音信一点也没有的。而至今已经四年了，你到底没有信来。

我本来不常想你，不过现在想起你来了，你为什么不来信。

于是我想，这都是我的不好，我在前边引诱了你。

今天又快到九一八了，写了以上这些，以遣胸中的忧闷。

愿你在远方快乐和健康。

1941年

囚歌

叶挺

为人进出的门紧锁着，
为狗爬走的洞敞开着，
一个声音高叫着：
爬出来吧，给你自由！

我渴望自由，
但我深深地知道——
人的身躯怎能从狗洞子里爬出！

我希望有一天，

地下的烈火，

将我连这活棺材一齐烧掉，

我应该在烈火与热血中得到永生！

1941年

白杨礼赞

茅盾

白杨树实在是不平凡的，我赞美白杨树！

当汽车在望不到边际的高原上奔驰，扑入你的视野的，是黄绿错综的一条大毡子。黄的，那是土，未开垦的处女土，几十万年前由伟大的自然力堆积成功的黄土高原的外壳；绿的呢，是人类劳力战胜自然的成果，是麦田，和风吹送，翻起了一轮一轮的绿波，——这时你会真心佩服昔人所造的两个字“麦浪”，若不是妙手偶得，便确是经过锤炼的语言的精华。黄与绿主宰着，无边无垠，坦荡如砥，这时如果不是宛若并肩的远山的连峰提醒了你（这些山峰凭你的肉眼来判断，就知道是在你脚底下的），你会忘记了汽车是在高原上行驶。这时你涌起来的感想也许是“雄壮”，也许是“伟大”，诸如此类的形容词；然而同时你的眼睛也许觉得有点倦怠，你对当前的“雄壮”或“伟大”闭了眼，而另一种的味儿在你心头潜滋暗长了——“单调”。可不是？单调，有一点儿吧？

然而刹那间，要是你猛抬眼看见了前面远远地有一排——不，或者甚至只是三五株，一株，傲然地耸立，像哨兵似的树木的话，那你的恹恹欲睡的情绪又将如何？我那时是惊奇地叫了一声的！

那就是白杨树，西北极普通的一种树，然而实在不是平凡的一种树！

那是力争上游的一种树，笔直的干，笔直的枝。它的干呢，通常是丈把高，像是加以人工似的，一丈以内绝无旁枝；它所有的丫枝呢，一律向上，而且紧紧靠拢，也像是加以人工似的，成为一束，绝无横斜逸出；它的宽大的叶子也是片片向上，几乎没有斜生的，更不用说倒垂了；它的皮光滑而有银色的晕圈，微微泛出淡青色。这是虽在北方的风雪的压迫下却保持着倔强挺立的一种树！哪怕只有碗来粗细罢，它却努力向上发展，高到丈许，二丈，参天耸立，不折不挠，对抗着西北风。

这就是白杨树，西北极普遍的一种树，然而决不是平凡的树！

它没有婆娑的姿态，没有屈曲盘旋的虬枝。也许你要说它不美丽——如果美是专指“婆娑”或“横斜逸出”之类而言，那么，白杨树算不得树中的好女子；但是它却伟岸，正直，朴质，严肃，也不缺乏温和，更不用提它的坚强不屈与挺拔，它是树中的伟丈夫！当你在积雪初融的高原上走过，看见平坦的大地上傲然挺立这么一株或一排白杨树，难道你就只觉得它只是树？难道你就不想到它的朴质，严肃，坚强不屈，至少也象征了北方的农民大众？难道你竟一点也不联想到，在敌后的广大土地上，到处有坚强不屈，就像这白杨树一样傲然挺立的守卫他们家乡的哨兵？难道你又不更远一点想到，这样枝枝叶叶靠紧团结，力求上进的白杨树，宛然象征了今天在华北平原纵横决荡，用血写出新中国历史的那种精神？

白杨不是平凡的树，它在西北极普通。不被人重视，就跟北方农民相似；它有极强的生命力，磨折不了，压迫不倒，也跟北方的农民相似。我赞美白杨树，就因为它不但象征了北方的农民，尤其象征了今天我们民族解放斗争所不可缺的朴质、坚强、力求上进的精神。

让那些看不起民众、贱视民众、顽固的倒退的人们去赞美那贵族化的楠木（那也是直挺秀颀的），去鄙视这极常见、极易生长的白杨吧，但是我要高声赞美白杨树！

1941年

土地的誓言

端木蕻良

对于广大的关东原野，我心里怀着炽痛的热爱。我无时无刻不听见她呼唤我的名字，我无时无刻不听见她召唤我回去。我有时把手放在我的胸膛上，我知道我的心还是跳动的。我的心还在喷涌着热血，因为我常常感到它在泛滥着一种热情。当我躺在土地上的时候，当我仰望天上的星星，手里握着一把泥土的时候，或者当我回想起儿时的往事的时候，我想起那参天碧绿的白桦林，标直漂亮的白桦树在原野上呻吟；我看见奔流似的马群，深夜嗥鸣的蒙古狗，我听见皮鞭滚落在山涧里的脆响；我想起红布似的高粱，金黄的豆粒，黑色的土地，红玉的脸庞，黑玉的眼睛，斑斓的山雕，奔驰的鹿群，带着松香气味的煤块，带着赤色的足金；我想起幽远的车铃，晴天里马儿戴着串铃在溜直的大道上跑着，狐仙姑深夜的谰语，原野上怪诞的狂风……这时我听到故乡在召唤我，故乡有一种声音在召唤着我。她低低地呼唤着我的名字，声音是那样的急切，使我不得不回去。我总是被这种声音所缠绕，不管我走到哪里，即使我睡得很沉，或者在睡梦中突然惊醒的时候，我都会突然想到是我应该回去的时候了。我必须回去，我从来没想过离开她。这种声音是不可阻止的，是不能选择的。这种声音已经和我的心取得了永远的沟通。当我记起故乡的时候，我便能看见那大地的深层，在翻滚着一种红熟的浆液，这声音便是从那里来的。在那亘古的地层里，有着一股燃烧的洪流，像我的心喷涌着血液一样。这个我是知道的，我常常把手放在大地上，我会感到她在跳跃，和我的心的跳跃是一样的。它们从来没有停息，它们的热血一直在流，在热情的默契里它们彼此呼唤着，终有一天它们要汇合在一起。

土地是我的母亲，我的每一寸皮肤，都有着土粒；我的手掌一接近土地，心就变得平静。我是土地的族系，我不能离开她。在故乡的土地上，我印下我无数的脚印。在那田垄里埋葬过我的欢笑，在那稻棵上我捉过蚱蜢，在那沉重的镐头上留着我的手印。我吃过我自己种的白菜。故乡的土壤是香的。在春天，东风吹起的时候，土壤的香气便在田野里飘扬。河流浅浅地流过，柳条像一阵烟雨似的窜出来，空气里都有一种欢喜的声音。原野到处有一种鸣叫，天空清亮透明，劳动的声音从这头响到那头。秋天，银线似的蛛丝在牛角上挂着，粮车拉粮回来，麻雀吃厌了，这里那里到处飞。稻禾的香气是强烈的，碾着新谷的场院辘辘地响着，多么美丽，多么丰饶……没有人能够忘记她。我必定为她而战斗到底。土地，原野，我的家乡，你必须被解放！你必须站立！夜夜我听见马蹄奔驰的声音，草原的儿子在黎明的天边呼唤。这时我起来，找寻天空中北方的大熊，在它金色的光芒之下，乃是我的家乡。我向那边注视着，注视着，直到天边破晓。我永不能忘记，因为我答应过她，我要回到她的身边，我答应过我一定会回去。为了她，我愿付出一切。我必须看见一个更美丽的故乡出现在我的面前——或者我的坟前。而我将用我的泪水，洗去她一切的污秽和耻辱。

“九一八”十周年写

1942年

银杏

郭沫若

银杏，我思念你，我不知道你为什么又叫公孙树。但一般人叫你是白果，那是容易理解的。

我知道，你的特征并不专在乎你有这和杏相仿佛的果实，核皮是纯白如银，核仁是富于营养——这不用说已经就足以为你的特征了。

但一般人并不知道你是有花植物中最古的先进，你的花粉和胚珠具有着动物般的性态，你是完全由人力保存了下来的奇珍。

自然界中已经是不能有你的存在了，但你依然挺立着，在太空中高唱着人间胜利的凯歌。

你这东方的圣者，你这中国人文的有生命的纪念塔，你是只有在中国才有呀，一般人似乎也并不知道。

我到过日本，日本也有你，但你分明是日本的华侨，你侨居在日本大约已有中国的文化侨居在日本那样久远了吧。

你是真应该称为中国的国树的呀，我是喜欢你，我特别的喜欢你。

但也并不是因为你是中国的特产，我才特别的喜欢，是因为你美，你真，你善。

你的株干是多么的端直，你的枝条是多么的蓬勃，你那折扇形的叶片是多么的青翠，多么的莹洁，多么的精巧呀！

在暑天你为多少的庙宇戴上了巍峨的云冠，你也为多少的劳苦人撑出了清凉的华盖。

梧桐虽有你的端直而没有你的坚牢；

白杨虽有你的葱茏而没有你的庄重。

熏风会媚妩你，群鸟时来为你欢歌，上帝百神——假如是有上帝百神，我相信每当皓月流空，他们会在你脚下来聚会。

秋天到来，蝴蝶已经死了的时候，你的碧叶要翻成金黄，而且又会飞出满园的蝴蝶。

你不是一位巧妙的魔术师吗？但你丝毫也没有令人掩鼻的那种的江湖气息。

当你那解脱了一切，你那槎枒的枝干挺撑在太空中的时候，你对于寒风霜雪毫不避易。

那是多么的嶙峋而洒脱呀，恐怕自有佛法以来再也不曾产生过像你这样的高僧。

你没有丝毫依阿取容的姿态，但你也并不荒伧；你的美德像音乐一样洋溢八荒，但你也并不骄傲；你的名讳似乎就是“超然”，你超在乎一切的草木之上，你超在乎一切之上，但你并不隐遁。

你的果实不是可以滋养人，你的木质不是坚实的器材，就是你的落叶不也是绝好的引火的燃料吗？

可是我真有点奇怪了，奇怪的是中国人似乎大家都忘记了你，而且忘记得很久远，似乎是从古以来。

我在中国的经典中找不出你的名字，我很少看到中国的诗人咏赞过你的诗，也很少看到中国的画家描写过你的画。

这究竟是怎么一回事呀，你是随中国文化以俱来的亘古的证人，你不也是以为奇怪吗？

银杏，中国人是忘记了你呀，大家虽然都在吃你的白果，都喜欢吃你的白果，但的确是忘记了你呀。

世间上也尽有不辨菽麦的人，但把你忘记得这样普遍，这样久远的例子，从来也不曾有过。

真的啦，陪都不是首善之区吗？但我就很少看见你的影子，为什么遍街都是洋槐，满园都是幽加里树呢？

我是怎样的思念你呀，银杏！我可希望你不要把中国忘记吧。

这事情是有点危险的，我怕你一不高兴，会从中国的地面上隐遁下去。

在中国的领空中会永远听不着你赞美生命的欢歌。

银杏，我真希望呀，希望中国人单为能更多吃你的白果，总有能更加爱慕你的一天。

一九四二年五月二十三日

1946年

国立西南联合大学纪念碑碑文

冯友兰

中华民国三十四年九月九日，我国家受日本之降于南京。上距二十六年七月七日卢沟桥之变，为时八年；再上距二十年九月十八日沈阳之变，为时十四年；再上距清甲午之役，为时五十一年。举凡五十年间，日本所鲸吞蚕食于我国家者，至是悉备图籍献还。全胜之局，秦汉以来，所未有也。国立北京大学、国立清华大学，原设北平；私立南开大学，原设天津。自沈阳之变，我国家之威权逐渐南移，惟以文化力量，与日本争持于平津，此三校实为其中坚。二十六年，平津失守，三校奉命迁于湖南，合组为国立长沙临时大学，以三校校长蒋梦麟、梅贻琦、张伯苓为常务委员，主持校务，设法、理、工学院于长沙，文学院于南岳，于十一月一日开始上课。迨京沪失守，武汉震动，临时大学又奉命迁云南。师生徒步经贵州，于二十七年四月二十六日抵昆明。旋奉命改名为国立西南联合大学，设理、工学院于昆明，文、法学院于蒙自，于五月四日开始上课。一学期后，文、法学院亦迁昆明。二十七年，增设师范学院。二十九年，设分校于四川叙永，一学年后，并于本校。昆明本为后方名城，自日军入安南、陷缅甸，乃成后方重镇。联合大学支持其间，先后毕业学生二千余人，从军旅者八百余人。河山既复，日月重光，联合大学之战时使命既成，奉命于三十五年五月四日结束。原有三校，即将返故居，复旧业。缅维八年支持之苦辛，与夫三校合作之协和，可纪念者，盖有四焉。我国家以世界之古国，居东亚之天府，本应绍汉唐之遗烈，作并世之先进，将来建国完成，必于世界历史，居独特之地位。盖并世列强，虽新而不古；希腊、罗马，有古而无今。惟我国家，亘古亘今，亦新亦旧，斯所谓“周虽旧邦，其命维新”者也。旷代之伟业，八年之抗战已开其规模，立其基础。今日之胜利，于我国家有旋乾转坤之功，而联合大学之使命，与抗战相终始，此其可纪念者一也。文人相轻，自古而然，昔人所言，今有同慨。三校有不同之历史，各异之学风，八年之久，合作无间。同无妨异，异不害同；五色交辉，相得益彰；八音合奏，终和且平。此其可纪念者二也。万物并育而不相害，道并行而不相悖，小德川流，大德敦化，此天地之所以为大。斯虽先民之恒言，实为民主之真谛。联合大学以其兼容并包之精神，转移社会一时之风气，内树学术自由之规模，外来“民主堡垒”之称号，违千夫之诺诺，作一士之谔谔。此其可纪念者三也。稽之往史，我民族若不能立足于中原，偏安江表，称曰南渡。南渡之人，未有能北返者：晋人南渡，其例一也；宋人南渡，其例二也；明人南渡，其例三也。“风景不殊”，晋人之深悲；“还我河山”，宋人之虚愿。吾人为第四次之南渡，乃能于不十年间，收恢复之全功。庾信不哀江南，杜甫喜收蓟北。此其可纪念者四也。联合大学初定校歌，其辞始叹南迁流离之苦辛，中颂师生不屈之壮志，终寄最后胜利之期望。校以今日之成功，历历不爽，若合符契。联合大学之终始，岂非一代之盛事，旷百世而难遇者哉！爰就歌辞，勒为碑铭，铭曰：痛南渡，辞宫阙。驻衡湘，又离别。更长征，经峣嵲。望中原，遍洒血。抵绝徼，继讲说。诗书丧，犹有舌。尽笳吹，情弥切。千秋耻，终已雪。见仇寇，如烟灭。起朔北，迄南越，视金瓯，已无缺。大一统，无倾折。中兴业，继往烈。维三校，兄弟列，为一体。如胶结，同艰难，共欢悦，联合竟，使命彻，神京复，还燕碣，以此石，象坚节，纪嘉庆，告来哲。

1947年

论气节

朱自清

气节是我国固有的道德标准，现代还用着这个标准来衡量人们的行为，主要的是所谓读书人或士人的立身处世之道。但这似乎只在中年一代如此，青年代倒像不大理会这种传统的标准，他们在用着正在建立的新的标准，也可以叫做新的尺度。中年代一般的接受这传统，青年代却不理会它，这种脱节的现象是这种变的时代或动乱时代常有的。因此就引不起什么讨论。直到近年，冯雪峰先生才将这标准这传统作为问题提出，加以分析和批判；这是在他的《乡风与市风》那本杂文集里。

冯先生指出“士节”的两种典型：一是忠臣，一是清高之士。他说后者往往因为脱离了现实，成为“为节而节”的虚无主义者，结果往往会变了节。他却又说“士节”是对人生的一种坚定的态度，是个人意志独立的表现。因此也可以成就接近人民的叛逆者或革命家，但是这种人物的造就或完成，只有在后来的时代，例如我们的时代。冯先生的分析，笔者大体同意；对这个问题笔者近来也常常加以思索，现在写出自己的一些意见，也许可以补充冯先生所没有说到的。

气和节似乎原是两个各自独立的意念。《左传》上有“一鼓作气”的话，是说战斗的。后来所谓“士气”就是这个气，也就是“斗志”；这个“士”指的是武士。孟子提倡的“浩然之气”，似乎就是这个气的转变与扩充。他说“至大至刚”，说“养勇”，都是带有战斗性的。“浩然之气”是“集义所生”，“义”就是“有理”或“公道”。后来所谓“义气”，意思要狭隘些，可也算是“浩然之气”的分支。现在我们常说的“正义感”，虽然特别强调现实，似乎也还可以算是跟“浩然之气”联系着的。至于文天祥所歌咏的“正气”，更显然跟“浩然之气”一脉相承。不过在笔者看来两者却并不完全相同，文氏似乎在强调那消极的节。

节的意念也在先秦时代就有了，《左传》里有“圣达节，次守节，下失节”的话。古代注重礼乐，乐的精神是“和”，礼的精神是“节”。礼乐是贵族生活的手段，也可以说是目的。他们要定等级，明分际，要有稳固的社会秩序，所以要“节”，但是他们要统治，要上统下，所以也要“和”。礼以“节”为主，可也得跟“和”配合着；乐以“和”为主，可也得跟“节”配合着。节跟和是相反相成的。明白了这个道理，我们可以说所谓“圣达节”等等的“节”，是从礼乐里引申出来成了行为的标准或做人的标准；而这个节其实也就是传统的“中道”。按说“和”也是中道，不同的是“和”重在合，“节”重在分；重在分所以重在不犯不乱，这就带上消极性了。

向来论气节的，大概总从东汉末年的党祸起头。那是所谓处士横议的时代。在野的士人纷纷的批评和攻击宦官们的贪污政治，中心似乎在太学。这些在野的士人虽然没有严密的组织，却已经在联合起来，并且博得了人民的同情。宦官们害怕了，于是乎逮捕拘禁那些领导人。这就是所谓“党锢”或“钩党”，“钩”是“钩连”的意思。从这两个名称上可以见出这是一种群众的力量。那时逃亡的党人，家家愿意收容着，所谓“望门投止”，也可以见出人民的态度，这种党人，大家尊为气节之士。气是敢作敢为，节是有所不为——有所不为也就是不合作。这敢作敢为是以集体的力量为基础的，跟孟子的“浩然之气”与世俗所谓“义气”只注重领导者的个人不一样。后来宋朝几千太学生请愿罢免奸臣，以及明朝东林党的攻击宦官，都是集体行动，也都是气节的表现。但是这种表现里似乎积极的“气”更重于消极的“节”。

在专制时代的种种社会条件之下，集体的行动是不容易表现的，于是士人的立身处世就偏向了“节”这个标准。在朝的要做忠臣。这种忠节或是表现在冒犯君主尊严的直谏上，有的因此牺牲性命；或是表现在不做新朝的官甚至以身殉国上。而至于死，那是忠而又烈了。在野的要做清高之士，这种人示不愿和在朝的人合作，因而游离于现实之外；或者更逃遁山林之中，那就是隐逸之士了。这两种节，忠节与高节，都是个人的消极的表现。忠节至多造就一些失败的英雄，高节更只能造就一些明哲保身的自了汉，甚至于一些虚无主义者。原来气是动的，可以变化。我们常说志气，志是心之所向，可以在四方，可以在千里，志和气是配合着的。节却是静的，不变的；所以要“守节”，要不“失节”。有时候节甚至于是死的，死的节跟活的现实脱了榫，于是乎自命清高的人结果变了节，冯雪峰先生论到周作人，就是眼前的例子。从统治阶级的立场看，“忠言逆耳利于行”，忠臣到底是卫护着这个阶级的，而清高之士消纳了叛逆者，也是有利于这个阶级的。所以宋朝人说“饿死事小，失节事大”，原先说的是女人，后来也用来说士人，这正是统治阶级代言人的口气，但是也表示着到了那时代士的个人地位的增高和责任的加重。

“士”或称为“读书人”，是统治阶级最下层的单位，并非“帮闲”。他们的利害跟君相是共同的，在朝固然如此，在野也未尝不如此。固然在野的处士可以不受君臣名分的束缚，可以“不事王侯，高尚其事”，但是他们得吃饭，这饭恐怕还得靠农民耕给他们吃，而这些农民大概是属于他们做官的祖宗的遗产的。“躬耕”往往是一句门面话，就是偶然有个把真正躬耕的如陶渊明，精神上或意识形态上也还是在负着天下兴亡之责的士，陶的《述酒》等诗就是证据。可见处士虽然有时横议，那只是自家人吵嘴闹架，他们生活的基础一般的主要的还是在农民的劳动上，跟君主与在朝的大夫并无两样，而一般的主要的意识形态，彼此也是一致的。

然而士终于变质了，这可以说是到了民国时代才显著。从清朝末年开设学校，教员和学生渐渐加多，他们渐渐各自形成一个集团；其中有不少的人参加革新运动或革命运动，而大多数也倾向着这两种运动。这已是气重于节了。等到民国成立，理论上人民是主人，事实上是军阀争权。这时代的教员和学生意识着自己的主人身份，游离了统治的军阀；他们是在野，可是由于军阀政治的腐败，却渐渐获得了一种领导的地位。他们虽然还不能和民众打成一片，但是已经在渐渐的接近民众。五四运动划出了一个新时代。自由主义建筑在自由职业和社会分工的基础上。教员是自由职业者，不是官，也不是候补的官。学生也可以选择多元的职业，不是只有做官一路。他们于是从统治阶级独立，不再是“士”或所谓“读书人”，而变成了“知识分子”，集体的就是“知识阶级”。残余的“士”或“读书人”自然也还有，不过只是些残余罢了。这种变质是中国现代化的过程的一段，而中国的知识阶级在这过程中也曾尽了并且还在想尽他们的任务，跟这时代世界上别处的知识阶级一样，也分享着他们一般的运命。若用气节的标准来衡量，这些知识分子或这个知识阶级开头是气重于节，到了现在却又似乎是节重于气了。

知识阶级开头凭着集团的力量勇猛直前，打倒种种传统，那时候是敢作敢为一股气。可是这个集团并不大，在中国尤其如此，力量到底有限，而与民众打成一片又不容易，于是碰到集中的武力，甚至加上外来的压力，就抵挡不住。而一方面广大的民众抬头要饭吃，他们也没法满足这些饥饿的民众。他们于是失去了领导的地位，逗留在这夹缝中间，渐渐感觉着不自由，闹了个“四大金刚悬空八只脚”。他们于是只能保守着自己，这也算是节罢；也想缓缓的落下地去，可是气不足，得等着瞧。可是这里的是偏于中年一代。青年代的知识分子却不如此，他们无视传统的“气节”，特别是那种消极的“节”，替代的是“正义感”，接着“正义感”的是“行动”，其实“正义感”是合并了“气”和“节”，“行动”还是“气”。这是他们的新的做人的尺度。等到这个尺度成为标准，知识阶级大概是还要变质的罢？

1951年

谁是最可爱的人

魏巍

在朝鲜的每一天，我都被一些东西感动着；我的思想感情的潮水，在放纵奔流着；它使我想把一切东西，都告诉给我祖国的朋友们。但我最急于告诉你们的，是我思想感情的一段重要经历，这就是：我越来越深刻地感觉到谁是我们最可爱的人！

谁是我们最可爱的人呢？我们的战士，我感到他们是最可爱的人。

也许还有人心里隐隐约约地说：你说的就是那些“兵”吗？他们看来是很平凡、很简单的哩，既看不出他们有什么高明的知识，又看不出他们有丰盛细致的感情。可是，我要说，这是由于他跟我们的战士接触太少，还没有了解到我们的战士：他们的品质是那样的纯洁和高尚，他们的意志是那样的坚韧和刚强，他们的气质是那样的淳朴和谦逊，他们的胸怀是那样的美丽和宽广！

让我还是来说一段故事吧。

还是在二次战役的时候，有一支志愿军部队向敌后猛插，去切断军隅里敌人的逃路。当他们赶到书堂站时，逃敌也恰恰赶到那里，眼看就要从汽车路上开过去。这支部队的先头连——三连就匆匆占领了汽车路边一个很低的光光的小山岗，阻住敌人，一场壮烈的搏斗就开始了。敌人为了逃命，用三十二架飞机、十多辆坦克配合着发起了集团冲锋，向这个连的阵地汹涌卷来。整个山顶的土都被打翻了。汽油弹的火焰把这个阵地烧红了。但勇士们在这烟与火的山岗上，高喊着口号，一次又一次把敌人打死在阵地前面。敌人的死尸像谷个子似的在山前堆满了，血也把这山岗流红了。可是敌人还是要拼死争夺，好使自己的主力不致覆灭。这场激战整整持续了八个小时，最后，勇士们的子弹打光了，蜂拥上来的敌人占领了山头，把他们压到山脚。飞机掷下的汽油弹，把他们的身上烧着了。这时候，勇士们是仍然不会后退的呀，他们把枪一摔，身上、帽子上呼呼地冒着火苗，向敌人扑去，把敌人抱住，让身上的火，也要把占领阵地的敌人烧死。……据这个营的营长告诉我，战后，这个连的阵地上，枪支完全摔碎了，机枪零件扔得满山都是。烈士们的遗体，保留着各种各样的姿势，有抱住敌人腰的，有抱住敌人头的，有掐住敌人脖子，把敌人摁倒在地上的，同敌人倒在一起，烧在一起。还有一个战士，他手里还紧握着一颗手榴弹，弹体上沾满脑浆；和他死在一起的美国鬼子，脑浆崩裂，涂了一地。另有一个战士，嘴里还衔着敌人的半块耳朵。在掩埋烈士们遗体的时候，由于他们两手扣着，把敌人抱得那样紧，分都分不开，以致把有些人的手指都掰断了。……这个连虽然伤亡很大，他们却打死了三百多敌人，更重要的是，使我们部队的主力赶上来，聚歼了敌人。

这就是朝鲜战场上一次最壮烈的战斗——松骨峰战斗，或者叫书堂站战斗。假若需要立纪念碑的话，让我把带火扑敌和用刺刀跟敌拼死在一起的烈士们的名字记下吧。他们的名字是：王金传、邢玉堂、胡传九、井玉琢、王文英、熊官全、王金侯、赵锡杰、隋金山、李玉安、丁振岱、张贵生、崔玉亮、李树国。还有一个战士已经不可能知道他的名字了。让我们的烈士们千载万世永垂不朽吧！

这个营的营长向我叙说了以上的情景，他的声调是缓慢的，他的感情是沉重的。他说他在阵地上掩埋烈士的时候，他掉了眼泪。但他接着说："你不要以为我是为他们伤心，我是为他们骄傲！我觉得我们的战士太伟大了，太可爱了，我不能不被他们感动得掉下泪来。"

朋友们，当你听到这段英雄事迹的时候，你的感想如何呢？你不觉得我们的战士是可爱的吗？你不以我们的祖国有着这样的英雄而值得自豪吗？

我们的战士，对敌人这样狠，而对朝鲜人民却是那样地爱，充满国际主义的深厚热情。

在汉江北岸，我遇到一个青年战士，他今年才二十一岁，名叫马玉祥，是黑龙江青冈县人。他长着一副微黑透红的脸膛，稍高的个儿，站在那儿，像秋天田野里一株红高粱那样的淳朴可爱。不过因为他才从阵地上下来，显得稍为疲劳些，眼里的红丝还没有退净。他原来是炮兵连的。有一天夜里，他被一阵哭声惊醒了，出去一看，是一个朝鲜老妈妈坐在山岗上哭。原来她的房子被炸毁了，她在山里搭了个窝棚，窝棚又被炸毁了。……回来，他马上到连部要求调到步兵连去，正好步兵连也需要人，就批准了他。我说："在炮兵连不是一样打敌人吗？""那，不同！"他说："离敌人越近，越觉着打得过瘾，越觉着打得解恨！"

在汉江南岸的日日夜夜里，有一天他从阵地上下来做饭。刚一进村，有几架敌机袭过来，打了一阵机关炮，接着就扔下了两个大燃烧弹。有几间房子着火了，火又盛，烟又大，使人不敢到跟前去。这时候，他听见烟火里有一个小孩子哇哇哭叫的声音。他马上穿过浓烟到近处一看，一个朝鲜的中年男人在院子里倒着，小孩子的哭声还在屋里。他走到屋门口，屋门口的火苗呼呼的，已经进不去人，门窗的纸已经烧着。小孩子的哭声随着那滚滚的浓烟传出来，听得真真切切。当他叙述到这里的时候，他说："我能够不进去吗？我不能！我想，要在祖国遇见这种情形，我能够进去，那么，在朝鲜我就可以不进去吗？朝鲜人民和我们祖国的人民不是一样的吗？我就踹开门，扑了进去。呀！满屋子灰洞洞的烟，只能听见小孩哭，看不见人。我的眼也睁不开，脸烫得像刀割一般。我也不知道自己的身上着了火没有，我也不管它了，只是在地上乱摸。先摸着一个大人，拉了拉没拉动，又向大人的身后摸，才摸着小孩的腿，我就一把抓着抱起来跳出门去。我一看小孩子，是挺好的一个小孩子啊。他穿着小短褂儿，光着两条小腿儿，小腿乱蹬着，哇哇地哭。我心想：'不管你哭不哭，不救活你家大人，谁养活你哩！'这时候，火更大了，屋子里的家具什物也烧着了。我就把他往地上一放，就又从那火门里钻了进去。一拉那个大人，她哼了一声，再拉又不动了。凑近一看，见她脸上流下来的血已经把她胸前的白衣染红了，眼睛已经闭上。我知道她不行了，才赶忙跳出门外，扑灭身上的火苗，抱起这个无父无母的孩子。……"

朋友，当你听到这段事迹的时候，你的感觉又是如何呢？你不觉得我们的战士是最可爱的人吗？

谁都知道，朝鲜战场是艰苦些。但战士们是怎样想的呢？有一次，我见到一个战士，在防空洞里，吃一口炒面，就一口雪。我问他："你不觉得苦吗？"他把正送往嘴里的一勺雪收回来，笑了笑，说："怎么能不觉得！咱们革命军队又不是个怪物。不过咱们的光荣也就在这里。"他把小勺儿干脆放下，兴奋地说："就拿吃雪来说吧，我在这里吃雪，正是为了我们祖国的人民不吃雪。他们可以坐在挺豁亮的屋子里，泡上一壶茶，守住个小火炉子，想吃点什么，就做点什么。"他又指了指狭小潮湿的防空洞说："你再比如蹲防空洞吧，多憋闷得慌哩，眼看着外面好好的太阳不能晒，光光的马路不能走。可是我在这里蹲防空洞，祖国的人民就可以不蹲防空洞啊。他们就可以在马路上不慌不忙地走啊。他们想骑车子也行，想走路也行，边溜达边说话也行。只要能使人民得到幸福，就是我们最大的幸福。所以，"他又把雪放到嘴里，像总结似的说，"我在这里流点血不算什么，吃点苦又算什么哩！"我又问："你想不想祖国呀？"他笑起来："谁不想哩，说不想那是假话。可是我不愿意回去。如果回去，祖国的老百姓问：'我们托付给你们的任务完成得怎么样啦？'我怎么答对呢？我说'朝鲜半边红，半边黑'，这算什么话呢？"我接着问："你们经历了这么多危险，吃了这么多苦，你们对祖国对朝鲜有什么要求吗？"他想了一下，才回答我："我们什么也不要，可是说心里话，我这话可不定恰当呀。我们是想要这么大的一个东西——”他笑着，用手指比个铜子儿大小，怕我不明白，又说，“一块‘朝鲜解放纪念章’，我们愿意戴在胸脯上，回到咱们的祖国去。”

朋友们，用不着繁琐的举例，你已经可以了解到我们的战士是怎样一种人，这种人有什么一种品质，他们的灵魂是多么的美丽和宽广。他们是历史上、世界上第一流的战士，第一流的人！他们是世界上一切善良人民的优秀之花！是我们值得骄傲的祖国之花！我们以我们的祖国有这样的英雄而骄傲，我们以生在这个英雄的国度而自豪！

亲爱的朋友们，当你坐上早晨第一列电车走向工厂的时候，当你扛上犁耙走向田野的时候，当你喝完一杯豆浆、提着书包走向学校的时候，当你安安静静坐到办公桌前计划这一天工作的时候，当你向孩子嘴里塞着苹果的时候，当你和爱人悠闲散步的时候，朋友，你是否意识到你是在幸福之中呢？你也许很惊讶地说：“这是很平常的呀！”可是，从朝鲜归来的人，会知道你正生活在幸福中。请你意识到这是一种幸福吧，因为只有你意识到这一点，你才能更深刻了解我们的战士在朝鲜奋不顾身的原因。朋友！你是这么爱我们的祖国，爱我们的领袖，你一定会深深地爱我们的战士，他们确实是我们最可爱的人！

1954年

融合起来了

叶圣陶

从开国到现在是五周年。这五周年间，咱们中国社会好像一直在跑步，跑步的进程相当于多少年的缓步前进，恐怕很难作准确的估计。这个人说，咱们大家在这五周年间都有不少进步。要不是全国大陆解放，要不是中华人民共和国成立，恐怕五年的光阴一眨眼过去，咱们大家依然故我，无论思想跟认识，无论态度跟作风，也许一辈子还是五年前那个老样儿。这五年对于中国社会，对于咱们大家，简直可以说是史无前例的珍奇，现在要静心回顾一下，表达那种深切的感受，真有穷于语言之感。

分别了好久的老朋友会了面，手握得紧紧的，一个说："您精神挺旺盛呀！"一个说："我觉得您轻了十年年纪！"这种经常听见的对话绝非寻常客套，这里头包含着无限的激动跟无上的喜悦。说出来的话虽然那么简单，可是够了，彼此心领神会了——所以精神旺盛，所以轻了十年年纪，全由于那史无前例的珍奇。

要是说得具体些，彼此心领神会的，大概有如下的内容。社会、国家有了确定的路向，而且是脚踏实地的、绝端正确的路向，因而咱们大家也有了确定的路向，只要脚踏实地往前走就是。这就产生一种非常安定的心情，该做些什么，该怎么样做，全都清清楚楚，永远可以跟“踌躇”“彷徨”之类的词儿绝缘。在那确定的路向里头，个人跟社会、国家的关系也显得挺明白。社会、国家的利益是个人最大最可靠的利益，所以个人的利益不能够跟社会、国家的利益冲突，个人的最主要的事情是争取社会、国家的利益。谁理会了这一层，谁就能够“去蔽”“去私”，虽然由于历史的影响跟旧来的习染，“蔽”跟“私”未必能够“去”得一干二净，但是多少“去”一部分，往后还将继续“去”，那是肯定的。

不安定的心情多么折磨人啊！前途茫茫，莫知所从，于是形容憔悴，搔首踟蹰。“蔽”跟“私”多么腐蚀人啊！心心念念脱不出个人的小圈子，绞尽脑汁光为个人的利益打算，于是丧失了作为真正的人的意义。现在咱们大家怀着非常安定的心情，逐步地在这里“去蔽”“去私”，咱们成了不受折磨、免于腐蚀的自由人，怎能不精神旺盛，年纪轻了十年？历史家不妨研究一下，在过去，咱们中国人民有没有一个时期像这五年来那样不受折磨、免于腐蚀的。我没有研究过，可是我敢断定说没有。惟其没有，所以这五年是史无前例的珍奇。

史无前例的珍奇从哪儿来？由于咱们中国社会开了史无前例的局面，由于咱们中国人民占了史无前例的地位，如毛主席指出的，咱们中国人民站起来了。人民站起来了，人民对于社会、国家的大事当了家作了主，一切的表现就迥然不同，从前办不到的，现在可办得到了。这是咱们眼见为真的事实，也是跟咱们中国同一类型的社会、国家里的人民共同经验的事实。这好像有些难以理解，为什么从前办不到的现在可办得到了？其实不难理解。人民当了家作了主，就有了共同的路向跟共同的目标，虽然大家干的是各行各业，想的是各情各理，可是像百川归海那样，路向都朝东，目标都是大海。路向同，目标同，无限量的力量就融合成一股伟大的力量，千千万万颗心就融合成一颗伟大的心。这是从古以来不曾融合过的，现在可出现了全新的事儿，融合起来了；那么，一切的表现相应地出现全新的样儿，跟从前迥然不同，岂不是必然之理。

从扑灭苍蝇到抗美援朝，从商量组织农业生产互助组到讨论中华人民共和国宪法草案，就事情的大小轻重说，相差多么远。可是咱们以同样认真负责的态度对待这些事情，因为咱们知道这些事情全都是大家的事情，全都跟咱们共同的路向、共同的目标有关系，非把自己的力量、自己的心投进去不可。

我说从什么到什么，这是只提两头的说法，中间包括着许多事情。现在不说其他事情，光就提明的四件事情来看看，全国人民共同扑灭苍蝇的结果，苍蝇在全国范围内成为“孑遗”的种类，将会有完全被消灭的一天。抗美援朝的胜利不用多说，只消说这么一句就够了：这个胜利永远铭刻在中朝人民的心头，永远铭刻在全世界爱好和平的人民的心头，也永远鞭打着美国侵略集团的神经。至于互助合作的好处，农民跟其他行业的人一样，几乎到了家喻户晓的地步，组织起来已经成为普遍的信念，互助组仿佛还不够味，最好一上手就来个合作社。最后看宪法草案的全民讨论，全国人民提出的意见多到一百多万条，什么地方要加，该怎样加，什么地方要改，该怎么改，什么地方还得斟酌考虑，该就什么方面斟酌考虑，都给详细提出，真是一个字一个标点符号也不肯含糊，为的宪法是根本大法，是全国人民各方面生活的准绳。请想一想，这四件事情得到这样的成绩，假如在从前的朝代，办得到吗？从前绝对办不到，现在可办得到，最主要的理由只有一条，就是人民站起来了，一股伟大的力量、一颗伟大的心融合起来了。

逢到庆祝的节日，国庆节呀，劳动节呀，会集在天安门前的有几十万人。那几十万人的眼神跟脸色，那几十万人的步调跟欢呼，使人发生一种直觉——这就亲眼看见了这股伟大的力量，这就亲眼看见了这颗伟大的心。在另外的情形之下，咱们也发生同样的直觉。咱们读报刊书籍，或者到各处去走走，知道各种人物在各种方面活动。姓张的劳动模范创造了机械操作的先进经验，姓王的劳动模范获得了作物栽培的丰产经验，姓赵的小学教师提高了所任功课的教学效率，姓李的合作社售货员发明了便利顾客的服务方法……咱们或是遇见他们本人，或是看见印在报刊上的他们的相片，咱们知道他们的成绩价值多大，也知道他们怎么样取得这些成绩。还有许许多多的人，咱们不知道他们姓甚名谁，也不知道他们什么样儿，可是知道他们的成绩了不起。比如今年遭到历来少有的大水患，咱们读报刊，就知道某处地方防水抢险有多少人，另外一处地方又有多少人，他们的努力也许记得很简略，可是咱们凭经验凭想象来补充，就可以断定他们干了英雄的事业。知名识姓的也好，不知道姓甚名谁的也好，他们天各一方，业各一行，可同样是当家作主的老同行，同样为共同的目标而贡献他们的心血跟体力。咱们这么想的时候，他们在咱们的意念里头会集在一块儿了，像咱们在天安门前看见的队伍一样。于是咱们发生一种直觉——这就亲眼看见了这股伟大的力量，这就亲眼看见了这颗伟大的心。

我此刻独个儿坐在这里写这篇小文章，不读报刊也不开收音机，似乎跟外界完全隔绝。可是不然，我能够料知各方面的生活的情形。我知道许多勘探队分布各地，正在专心致志地勘探地下的资源。我知道兰新铁路、宝成铁路的修建工人正在使劲挥汗，争取早些日子完工，让火车早些日子在铁路上飞跑。我知道长江大桥的修建工人也不差劲，正在驱遣钢铁水泥，让它化为江面的长虹。我知道许多房屋正在全国各地修建起来。我知道全国各地的物产正在各种运输线上交流。我知道许多技术革新者正在绞脑汁，找窍门，追求生产效率的提高。我知道许多科学家正在努力钻研，理论方面跟实际应用方面，都要求迎头赶上。我知道各级学校的学生正在认真学习……这样说下去是说不完的，就此打住吧。总之，尽管记者、通讯员、著作家脑筋锐敏，笔杆勤快，他们报道的、描写的各方面的生活总赶不上实际那么丰富。这各方面的生活的进展也就是伟大的力量、伟大的心的表现。

正因为一股伟大的力量已经融合起来，一颗伟大的心已经融合起来，谁都觉得精神抖擞，勇气百倍，能够把自己的一份工作搞好。咱们都有自豪感，可是决不骄傲自满。缺点经常有，努力还很不够，咱们知道得挺清楚，惟其知道得挺清楚，缺点可以去掉，努力可以加强。咱们所以自豪，就在于能够这样脚踏实地地走向咱们的目标。

正因为一股伟大的力量已经融合起来，一颗伟大的心已经融合起来，咱们可以挺起胸膛说这样的话，就是写在咱们宪法序言的末了儿的：“为世界和平和人类进步的崇高目的而努力。”

一九五四年九月六日作

1956年

在遥远的海岸上

秦牧

中国有一千几百万华侨散布在世界各地，这一千几百万人和国内人民的思想感情的脉搏是一同跳动着的。在这方面，我常常想起无数动人的事件，使自己像喝过醇酒似地进入一种感情微醺的境界。虽然我离开海外回到国内来已经很久很久了。

波兰古典作家显克微支有一个短篇小说叫做《灯塔看守人》。里面讲的是十九世纪流浪异国的一个波兰老人的故事。这老人因为反抗压迫，在国外流浪了大半生，到他衰老的暮年，异常困倦地渴望获得一个安定的位置度过他的余生。在意外的机会中他找到了一个看守灯塔的职业。这工作是异常寂寞孤独的，整天和潮汐海鸥为伍，在偏僻的岩礁上，连人影也不见一个。唯一的工作就是每天按时燃着灯火，使来往的船只不致失事。这工作很轻便，但绝对不容许疏忽。只要有一次的错失，他就得失掉位置，重新去做无所归依的流浪者了。老人是很喜欢这工作的，他按时点燃灯塔，从不误事。但有一次他收到了一个邮包，有人寄给他一本波兰诗人的诗集。他翻读着书籍，和祖国的千丝万缕的感情使他沉浸于一种如醉如痴的境界，他回忆、沉思、激动、神往，像喝醉了酒似地一连躺了好几个钟头，忘记燃点灯火。于是，他被撤职了。

许许多多华侨眷念祖国的故事，那情景，是和这个小说中的波兰老人有很多相似之处的。

宋庆龄副主席访问印度尼西亚，回来叙述过她在巴厘岛上见到的一桩事情："我们国内已不易看到的铜钱，在巴厘岛上家家都能找到，这种铜钱被停止流通还是不久的事情。现在人们把铜钱结成一串一串的吊起来，当做宗教仪式上不可缺少的神器。在一家银器店里我们发现一串串的铜钱中有开元年号的，有万历年号的，也有清朝各种年号的……"这种表面上看起来很细小的事象，里面蕴藏着的人们眷念祖国的感情却是多么的强烈啊。

和这种事象相仿佛，我记起了华侨许多保持祖国古老的风俗习惯的事情。这种情形意味的决不是普通意义的"保守"。他们正是以这来寄托他们永不忘本的家国之思的。正像波兰的作曲家肖邦，到西欧去流浪时，永远带着一撮祖国的泥土那样，具有深远的寓意。

《红楼梦》七十二回，从王熙凤向贾琏发脾气的谈话中讲到一个词儿：“衔口垫背”。那是一种古老的迷信的风俗，在死人嘴里放一颗珍珠或一些米叫做“衔口”；入殓时在装殓的褥下放一些钱叫做“垫背”。这风俗在国内，即使在解放前也已经不容易见到了。但在南洋华侨当中还相当地流行，我的母亲入殓时就采用了这种仪式。在福建，清初时候，许多反清复明的志士和他们所影响的人们，入殓时习惯在脸部盖上一块白布。那意义是“反清复明事业未成，羞见先人于地下”。这习俗，也同样随着一部分福建侨民带到海外去。

对古代祖国英雄豪杰的怀念，是无数华侨共有的感情。在热带的雨夜，家人父子围在一起谈郭子仪、岳飞、戚继光……是许多华侨家庭常有的事。在南洋一带，人们又十分推崇曾经踏上那边土地的三保太监郑和。亲戚朋友们在灯下聚谈的时候，话题常常很自然地拉到这个太监身上去。这位在五百多年前曾经出使七次、航程十六万海里的三保太监，在许多华侨口中仿佛变成了一个无所不能的异人。南洋有些成人遇到困难，有时还会喃喃祈祷道：“三保公保佑，三保公保佑！”南洋侨胞对郑和的尊崇，是渲染上许多神话色彩的。他们之所以这样做，严肃追究起来，实际上蕴藏着一些颇为辛酸的理由。从前，当华侨没有一个强盛的祖国，还处在“海外孤儿”的境地的时候，他们不得不怀念和神化当年扬眉吐气的先人，不得不通过“三保太监”来寄托他们备受损害的民族自尊心。

对于光荣先人的追念，对于风俗习惯的保持，在这些现象里面，闪耀着强烈的爱国主义感情。从美洲到欧洲，从非洲到南洋，众多的华侨坚持着吃中国饭，穿土布衣服，着广东木屐，吃从遥远的家乡运来，或者自制的腐乳、咸鱼、梅菜、凉茶；继续过我们的清明、端午、中秋、冬至，祖孙累代数百年如一日地坚持着。为什么有些风俗在国内已经逐渐改变或者丧失了，在海外却那么牢固地保存着，从这里是可以找到很好的答案的。

这些年来，海外华侨每当遇到放映国产电影或者祖国的各种代表团抵达的时候，他们有人会跋涉一百几十里路来看一场电影，或者会一会亲人。有的人回到国门，踏上祖国土地时就纵情高歌，有一个华侨甚至特地缝了一件缀上了五角星的衣服，在抵达边境时披到身上。有一些累世居留海外的华侨土生，因为当地华侨人数稀少，说中国话的机会不多，因而操中国语言已经不很灵便，然而这些年来他们也纷纷回来了。他们一家家已经离开祖国一两百年，他们已经不大会讲祖国语言，然而祖国有一种巨大的吸力把他们从海外吸引回来。一个历史文化悠久的国家，在她的子子孙孙的身上留下了多么深远的影响！祖国的强大，使她的海外儿女的强烈感情得到了一个很自然的喷火口了。那类使人感动的事象的出现决不是偶然的事。

在世界各个遥远的海岸上，有多少万颗心像向日葵似地向着祖国！

从海外远道归来的人们，如果看到已经翻身的祖国有些事情还不如理想的时候，想一想她是我们共同的经历过千万劫难的母亲，现在还不过是她的青春刚刚复活的顷刻，在她身上还存在许多旧时代的烙印。这样一想，就会更加奋发地和国内的人们一起来建设祖国了。同样地，当国内的人们觉得海外归来的劳动侨胞和自己的生活习惯有些地方不大相同时，想一想这是祖国大家庭中曾经辗转漂泊，在人生道途上备尝风浪的亲人；这样一想，生活的感情就会像水乳那样地交融了。

地球上的海洋有无数的海底电线把各个大洲联系起来。除了千万物质的电线之外，还有无数感情的电线遍布在各个海洋，把各大洲的人们联系起来。中国有为数很多的侨民居留海外，在世界上一切遥远的角落，千千万万感情的线路跨越重洋，纷纷延伸到中国的海岸。让我们永远怀念着海外的亲人，并用加倍努力的建设，使这一千多万远适海外、翘首故国的人们有一个日益强盛的祖国吧！波兰小说中那个灯塔看守人的故事是感人的；我们深深地和那个老人的感情共鸣。但却希望像他那样的命运，不再支配着今天我们海外的亲人。强大的祖国屹立着，对于居处在海外任何遥远地方的子女，都会是一种最大的安慰。

一九五六年

1979年

黄河之水天上来

刘白羽

细雨蒙蒙的秋天，我从北京乘飞机到兰州，机上即兴吟诗一首：“十年未可乘长风，一羽凌霄上碧空。拂去云烟十万里，来看黄河落日红。”

不过，说实在话，兰州的黄河令我失望。黄河在我记忆中永远是奔腾呼啸的激流啊！第一次给我的印象特别深。那是四十年前了，我从风陵渡口眺望黄河，滚滚狂涛冲着巨大冰排，万雷轰鸣，天崩地裂，一泻而下，那是何等惊心动魄的气概呀！兰州的黄河未免太安逸平静了。

到兰州后，一连落了几日雨。一个下午，我静静地望着窗外那巍然耸立着的碧森森的皋兰山，这整个窗口就像给烟雨笼罩着的湿蒙蒙绿茫茫的一幅画。一阵惊喜微微颤过心头，这是一幅多么美妙的画呀！的确，生活有如迂回曲折的画廊，一下是幽深的峡谷，一下是开阔的原野，谁知当我埋怨兰州的黄河平淡无奇的时候，就在离兰州不远的地方，黄河向我显示了雄美壮观的景象，这就是刘家峡。

霁雨初晴，西北高原阳光格外灿烂。也许是延安生活在我心中的再现，我总觉得空中响着牧羊人的嘹亮歌声。汽车时而穿行于碎石如斗的山谷之中，时而奔驰在辽阔的高原之上。远望刘家峡，层峦叠翠、静谧安详，谁料汽车转折而下，驶到刘家峡电站大坝底下的时候，突然冲入滂沱大雨之中。我非常惊讶，天上晴空万里，哪儿来的暴雨呢？我下车转身一看，怔住了，我看到的是什么？如乌云乱卷，如怒火，如狂飙。这些乌云先是从下面向上喷射，喷到半空，又跌落下来，化成苍苍银雾。这一卷云雾，给阳光照得闪亮，又飞上高空。乌云白雾，上下翻腾，再向上，如浓墨，如淡墨，像核爆炸时的蘑菇云，直耸高空，巍然不动，这场景真是有点惊人。原来接连落了几天雨，水位陡增，水电站提起溢洪道的一扇闸门，刚才所见，就是黄河之水从溢洪道喷射而出的情景。我再举首仰望，只见峻岩壁立，万仞摩天，峡谷之内，烟雾缭绕，浪花飞溅，发出千万惊雷的轰鸣。我到坝顶俯视，才看清黄河有如无数巨龙扭在一起飞旋而下，在窄窄两山之间，它咆哮，它奔腾，冲起的雪白浪头比岸上的山头还高，是激流，是浓雾，旋卷在一起，浩浩荡荡，汹涌澎湃，远去，远去，再远去，整个黄河都为白烟银雾所笼罩。

可是没有料到，我真正一览黄河的雄伟神姿，是在从乌鲁木齐飞回北京的飞机上。起飞时，眼前一片飞云骤雨，升上高空，忽然一道灿烂阳光透过舷窗射在我脸上，急忙向下看，云雾里巍然耸立着雪峰，白得如同冰霜塑出的，像是那里刚刚落过一阵大雪，这是何等雄伟的冰雪海洋啊！

飞机继续上升，下面出现了莽莽云流，向后飞速驶去，望眼所及之处，有一道整整齐齐的白云线，云线上悬着一条蓝天。飞机再上升，下面完全是旋卷沸腾的云海怒涛了。

又过了一段时间，云海忽然逝去，下面展现出一望无际的深褐色大地，阳光从上面像千万道聚光灯照射下去。一种出乎意外的梦幻般的奇景突然出现了。我想一个人一生一世也许只能见到这样一次吧！在这茫茫大地之上有一条蜿蜒盘旋的长带。这个长带有的段落是深黑色的，有的段落是银白闪光的。开始我茫然，不知道这是什么，仔细看时，才知道是黄河。这苍莽无垠的母亲大地呀，是它的乳汁，从西北高原喷涌而出，哺育着千秋万代子子孙孙。它纵横奔驰，呼啸苍天。这条浩荡的黄河，一下分散作无数条细流，如万千璎珞闪烁飘忽；一下又汇为巨流，如利剑插过深山。多么辽阔无际的西北高原哪！高原上空，无数美丽的发亮的银白色云团，飘忽闪烁，如白玫瑰随风飞舞。这时，那一曲牧羊人的歌声又嘹亮地响起，不过，这一次它不是在空中，是从我心中飞出，飞下长天，飞下黄河，随着惊涛骇浪而飞扬，而回荡。

1979年

祖国啊，我亲爱的祖国

舒婷

我是你河边上破旧的老水车，
数百年来纺着疲惫的歌；
我是你额上熏黑的矿灯，
照你在历史的隧洞里蜗行摸索；
我是干瘪的稻穗；是失修的路基；
是淤滩上的驳船
把纤绳深深
勒进你的肩膊，
——祖国啊！

我是贫穷，

我是悲哀。
我是你祖祖辈辈
痛苦的希望啊，
是“飞天”袖间
千百年未落到地面的花朵，
——祖国啊！

我是你簇新的理想，
刚从神话的蛛网里挣脱；
我是你雪被下古莲的胚芽；
我是你挂着眼泪的笑涡；
我是新刷出的雪白的起跑线；
是绯红的黎明
正在喷薄；
——祖国啊！

我是你十亿分之一，
是你九百六十万平方的总和；
你以伤痕累累的乳房
喂养了
迷惘的我、深思的我、沸腾的我；

那就从我的血肉之躯上

去取得

你的富饶、你的荣光、你的自由；

——祖国啊，

我亲爱的祖国！

一九七九年四月二十日

1979年

中国人

巴金

我出国之前完全没有想到，在法国十八天中间，我会看见那么多的中国人。各种各样的中国人，他们来自世界各地，过着各样的生活，有着不同的思想，站在不同的立场。他们穿不同的服装，发不同的口音，有不同的职业。我们参加过巴黎三个大学（第三、第七、第八）中文系的座谈会和招待会，会上见到他们；我们出席过在弗纳克书籍超级市场里举行的和读者见面会，会上见到他们；我们出席过法中友协的座谈会，在那里也见到他们。有些人好像真是无处不在，不过我也没有想过避开他们。我过去常说我写小说如同在生活，我的小说里的人物从来不是一好全好，一坏到底。事物永远在变，人也不会不变，我自己也是这样。我的思想也并不是一潭死水。所以我想，即使跟思想不同的人接触，只要经过敞开胸怀的辩论，总可以澄清一些问题。只要不是搞阴谋诡计、别有用心的人，我们就用不着害怕，索性摆出自己的观点，看谁能说服别人。

离开了祖国，我有一个明显的感觉：我是中国人。这感觉并不是这一次才有的。五十二年前我就有过。我们常常把祖国比作母亲。祖国的确是母亲，但是过去这位老母亲贫病交加、朝不保夕，哪里管得了自己儿女的死活！可是今天不同了。出了国境无论在什么地方，我总觉得有一双慈爱的眼睛关心地注视着我。好像丹东讲过类似这样的话：人不能带着祖国到处跑。我不是这么看法。这次出国访问使我懂得更多的事情。不管你跑到天涯地角，你始终摆脱不了祖国，祖国永远在你的身边。这样一想，对于从四面八方来到巴黎的中国人，我的看法就不同了。在他们面前我热情地伸出手来，我感觉到祖国近在我的身旁。祖国关心漂流在世界各地的游子。他们也离不开祖国母亲。即使你入了外国籍，即使你不承认自己是中国人，即使你在某国某地有产业，有事业，有工作，有办法，吃得开，甚至为子孙后代做了妥善的安排，倘使没有祖国母亲的支持，一旦起了风暴，意想不到的灾祸从天而降，一切都会给龙卷风卷走，留给你的只是家破人亡。这不是危言耸听，一百年来发生过多少这样的惨剧和暴行。几十万、上百万的华侨和华裔越南“难民”今天的遭遇不就是最有力的说明吗？过去华侨被称为海外孤儿。我一九二七年一月在上海搭船去马赛，在西贡、在新加坡上岸闲步，遇见中国人，他们像看到至亲好友那样地亲热。这种自然发生的感情是长期遭受歧视的结果。一九三一年我写过短篇小说《狗》，小说中的我会“在地上爬，汪汪地叫”，会“觉得自己是一条狗”，难道作者发了神经病？我写过一篇散文《一九三四年十月十日在上海》，文章里有人说：“为什么我的鼻子不高起来，我的眼睛不落下去……？”难道我缺乏常识，无病呻吟？不！在那些日子里一般的中国人过的是什么样的生活？我们是不会忘记的。今天重读我一九三五年在日本写的短篇《人》，我又记起那年四月里的一场噩梦，那天凌晨，好几个东京的便衣警察把我从中华青年会宿舍带进神田区警察署拘留到当天傍晚。我当时一直在想：要是他们一辈子不放我出来，恐怕也没有人追问我的下落，我不过是一个普通的中国人，一个“孤儿”。

今年四月三十日傍晚我们中国作家代表团在巴黎新安江饭店和当地侨胞会见，我们感谢华侨俱乐部的盛情招待。出席聚餐会的人有好几十位，但据说也只是要求参加的人中间的一部分。席上我看见不少年轻人的脸，我也见到那位从日内瓦赶来的女编辑，她是我一个朋友的外甥女，她想了解一些祖国的情况，但是我们的法国主人已经无法为我们安排会谈的时间了。还有不少的年轻人怀着求知心到这里来，他们需要知道这样或者那样的关于祖国的事情，总之大家都把希望寄托在这个聚餐会上，反正我们一行五个人，每个人都可以解答一些问题。这个聚会继续了三个多小时，我或者听，或者讲，我感到心情舒畅，毫无拘束。年轻人说："看见你们，好像看见我们朝思暮想的祖国。"他们说得对，我们的衣服上还有北京的尘土，我们的声音里颤动着祖国人民的感情。我对他们说："看见你们我仿佛看见一颗一颗向着祖国的心。"游子的心是永远向着母亲的。我要把它们全带回去。

聚餐以后大家畅谈起来。可是时间有限，问题很多，有些问题显得古怪可笑，但问话人却是一本正经，眼光是那么诚恳。我好像看透了那些年轻的心。有些人一生没有见过母亲；有些人多年远游，不知道家中情况，为老母亲的健康担心；有些人在外面听到不少的流言，无法解除心中的疑惑。他们想知道真相，也需要知道真相。我不清楚我们是否满足了他们的要求，解答了他们的疑问。不过我让他们看见了从祖国来的一颗热烈的心。我紧紧地握了他们的手，我恳切地表示了我的希望：大家在各自的岗位上努力吧。祝我们亲爱的母亲——我们伟大的社会主义祖国万寿无疆。我们为亲爱的祖国举杯祝酒的时候，整个席上响起一片欢腾的笑语，我们互相了解了。

当然不是一次的交谈就可以解决问题。我这里所谓"互相了解"也只是一个开始。过了一个多星期，我们访问了尼斯、马赛、里昂以后回到巴黎，一个下午我们在贝热隆先生主持的凤凰书店里待了一个小时。气氛和在新安江饭店里差不多，好些年轻的中国人拿着书来找我们签字。我望着他们，他们孩子似的脸上露出微笑。他们的眼光是那么友好，那么单纯，他们好像是来向我们要求祝福。我起初一愣，接着我就明白了：我们刚从祖国来，马上就要回到她身边去，他们向我要求的是祖国母亲的祝福。

我还见到一位从国内出来的年轻人，他有一个法国妻子，说是几年后学业结束仍要回国。他对我女儿说：华侨同胞和法国朋友在一些会上向我提问题十分客气，有些尖锐的问题都没有提出来。这个我知道，不过我并不害怕，既然参加考试，就不怕遇到难题。我不擅长辞令，又缺乏随机应变的才能。我唯一的武器是“讲老实话”，知道什么讲什么。我们的祖国并不是人间乐园，但是每个中国人都有责任把它建设成为人间乐园。对那位从中国出来的大学生，我很想做这样的回答：“你袖手旁观？难道你就没有责任？”还有人无中生有在文章里编造我的谈话，给自己乔装打扮，这只能说明他的处境困难，他也在变。他大概已经明白了这样一个真理：人无论如何甩不掉自己的祖国。

最后，我应当感谢《家》的法译者李治华先生。四月二十五日早晨我在戴高乐机场第一次看见他，五月十三日上午他在同一个机场跟我握手告别，他几乎天天和我在一起，自愿地担任繁难的口译工作。要是没有他的帮忙，我一定会遇到很多困难。他为我花费了不少的时间和精力，我没有讲一句感谢的话。我知道这只是出于他对祖国母亲爱慕的感情。他远离祖国三十多年，已经在海外成家立业，他在大学教书，刚刚完成了《红楼梦》的法文全译本，这部小说明年出版，将在法国读书界产生影响。但是同他在一起活动的十几天中间，我始终感觉到有一位老母亲的形象牵系着他的心，每一个游子念念不忘的就是慈母的健康，他也不是例外……

我的工作室里相当热，夜间十一点我坐在写字桌前还在流汗。这里比巴黎的旅馆里静，我仿佛听见夜在窗外不停地跑过去。我的生命中两个月又过去了。我没有给那些人中间任何一个写过一封信，可是我并没有忘记他们。我每想到祖国人民在困难中怎样挺胸前进的时候，我的脑子里就浮现出散居在世界各地的中国人。一滴一滴的水流入海洋才不会干涸。母亲的召唤永远牵引游子的心。还需要我讲什么呢？还需要我写什么呢？难道你们没有听见母亲的慈祥的呼唤声音？我已经把你们的心带到了她的身边。

一九七九年七月二十二日

1980年

祖国山川颂

黄药眠

我爱祖国，爱祖国大自然的风景。

我不仅爱祖国的山河大地，就是一草一木，一花一石，一砖一瓦，我也感到亲切，值得我留恋和爱抚。

不要去说什么俄罗斯的森林，英吉利的海，芬兰的湖泊，印度尼西亚的岛群了。中国自有壮丽伟大的自然图画。

我们有头顶千年积雪的珠穆朗玛峰，有莽苍的黄土高原，有草树蒙密的西双版纳，有一望无际的华北平原，有一泻千里的黄河，有浩浩荡荡的扬子江，有兴安岭的原始森林，有海南岛的椰林碧海，有大西北广阔无垠的青青牧场，还有说不尽的江湖沼泽……

我爱我们祖国的土地！狂风曾来扫荡过它，冰雹曾来打击过它，霜雪曾来封锁过它，大火曾来烧灼过它，暴雨曾来冲刷过它，帝国主义的炮弹也曾轰击过它。不过，尽管受了磨难，它还是默默地坚持着。一到春天，它又苏醒过来，满怀信心地展现出盎然的生机和万卉争荣的景象。

这是祖国大地对劳动者的回答：光秃秃的群山穿起了墨绿色的衣裳，冈峦变成了翠绿的堆垛，沟谷变成了辽阔葱绿的田园，沼泽变成了明镜般的湖泊，险峻的山峰低头臣服，易怒的江河也愿供奔走……

祖国的山河对我们总是有情的。我们对它们每唱一首歌，它们都总是做出同样响亮而又热情的回响。

我时时徜徉在中国古典诗歌的天地里，体会最细微的感情，捉摸耐人寻味的思想，感受铿锵的节奏、婉转悠扬的韵律，领略言外不尽的神韵，更陶醉于诗人们对大自然叹为观止的描画。当我读到得意的时候，就会不知不觉地反复吟哦，悠然神往。

祖国的语言是多么神奇！它的每一个词每一个字，都同我的生活血肉相连，同我的心尖一起跳跃。

哪怕是最简单的一句话，也能让我联想到一幅幅美丽的图画，联想到一望无际的山川、树林、村舍、田野、池塘和湖泊。

祖国的大自然经常改变它的装束。春天，它穿起了万紫千红的艳装；夏天，它披着青葱轻俏的夏衣；秋天，它穿着金黄色的庄严礼服；冬天，它又换上了洁白而朴素的银装。

大自然季节的变换，催促着新生事物的成长。

这是春天的消息！你瞧，树枝上已微微露出了一些青色，窗子外面开始听得见唧唧的虫鸣了。新一代的昆虫，正在以人们所熟悉的语言庆祝它们新生的快乐。

繁盛的花木掩映着古墓荒冢，绿色的苍苔披覆着残砖废瓦。人世有变迁，而春天则永远循环不已，生生不息。

碧油油的春草是多么柔软、茂盛，充满着生机！青青的草色，一直绵延到春天的足迹所能达到的辽远的天涯……

草比花有时更能引起人们许多的联想和遐思。

夏天的清晨，薄雾飘荡的乡村，姑娘赤着脚，踩着草上晶莹的露珠，走到银色的小溪边，轻轻地汲满了一桶水。云雀在天空歌唱，霞光照着姑娘鲜红的双颊……

这是多么淳朴的劳动者之美啊！

秋天，到处是金红的果子。翠锦斑斓的黄叶，露出树木些微的倦意。

清秋之夜，天上的羽云像轻纱似的，给微风徐徐地曳过天河，天河中无数微粒似的星光明灭闪烁。

在冰峰雪岭上不也能开出雪莲来吗？你看它是否比荡漾在涟漪的水面上的睡莲更娇艳？

暗夜将尽，每一棵树都踮起脚来遥望着东方，企盼着晨曦。果然，红光满面的太阳出来了，它愉快地拥吻着每一个树梢，它的笑是金色的。

黄昏蹒跚在苍茫的原野上。最后看见它好像醉汉似的颓然倒下，消失在黑夜里了。明早起来一看，它早已无影无踪，只看见万丈红霞捧出了初升的太阳。

你也许曾经在花下看见细碎的日影弄姿，你也许曾经在林阴道旁看见图案般的玲珑树影，不过，你最好到森林深处去看一看朝阳射进来时的光之万箭的奇景。

我曾远离祖国几年。那些日子，我对祖国真的说不出有多么的怀念。这怀念是痛苦而又是幸福的。痛苦，是远离了祖国的同志、祖国的山川风物；幸福，是有这样伟大的祖国供我怀念。

我曾躺在扬子江边的大堤上，静听江涛拍岸的声音。

最先它不过是雪山冰岩下面滴沥的小泉，逐渐才变成苍苔滑石间的细流，然后是深谷里跳跃着喜悦的白色浪花的溪涧。它在成长，在变幻，一时它是萦回在牛羊牧草之间澄澈的清溪，一时它又是沸腾咆哮、素气云浮的瀑布，一时它是波平如镜、静静地映着蓝天白云的湖泊，一时它又是飞流急湍、奔腾在崇山狭谷之间的险滩。不知经历了多少曲折和起伏，最后它才容纳了许多清的和浊的支流，形成了茫若无涯、浩浩荡荡的大江。

我也时常约伴去登山。

我们登上了山头，回头看看所经过的曲折盘旋的小径，看看在脚下飞翔的鹰隼，就不觉要高呼长啸。

爬过几个山头以后，又看见前面还有更高的山俯视着我们。登上最后的顶峰，周围是耸峙的峭壁，突兀的危崖，嵯峨的怪石，挺立的苍松。脚下是苍茫的云海，云海的间隙中是缩小了的村镇，是游丝一般通往天边的道路……

我们曾在大海的近旁度假。

碧绿的海水吐着白茫茫一片浪花，蔚蓝的天空像半透明的碧玉般的圆盖覆在上面，海鸥翱翔在晴天和大海之间。太阳就睡在我们的脚下。

还有黄果树的瀑布。

远离瀑布还好几里，就先听到丘壑雷鸣，看到雾气从林中升起。走近一看，只见一股洪流直冲而下，在日光映射下，像是悬空的彩练，珠花迸发，有如巨龙吐沫；水冲到潭里，激起了沸腾的浪花、晶莹的水泡。大大小小的水珠，随风飘荡，上下浮游，如烟如雾，如雨如尘，浸人衣袖。上有危崖如欲倾坠，下有深潭不可逼视。轰隆的巨响，震耳欲聋，游人打着手势在夸张地交谈，却好像失去了声音。

生平到过不少的名山大川，但在我的脑海里印象最深的还是我家乡门前的小溪。春天，秀水涨满，桥的两孔像是一对微笑的眼睛。细雨如烟，桥上不时有人打着雨伞走过。对岸的红棉树开花了，燕子在雨中飞来飞去，一阵一阵的风，吹来了断续的笛声……

小溪唱着愉快的歌流走了，它将冲击着一切涯岸流向大海。静静的群山，仍留在原来的地方，目送那盈盈的水波远去。

流水一去是绝不回来了，但有时也会化作一两片羽云瞭望故乡。

1981年

端午的鸭蛋

汪曾祺

家乡的端午，很多风俗和外地一样。系百索子。五色的丝线拧成小绳，系在手腕上。丝线是掉色的，洗脸时沾了水，手腕上就印得红一道绿一道的。做香角子。丝线缠成小粽子，里头装了香面，一个一个串起来，挂在帐钩上。贴五毒。红纸剪成五毒，贴在门槛上。贴符。这符是城隍庙送来的。城隍庙的老道士还是我的寄名干爹，他每年端午节前就派小道士送符来，还有两把小纸扇。符送来了，就贴在堂屋的门楣上。一尺来长的黄色、蓝色的纸条，上面用朱笔画些莫名其妙的道道，这就能辟邪吗？喝雄黄酒。用酒和的雄黄在孩子的额头上画一个王字，这是很多地方都有的。有一个风俗不知别处有不：放黄烟子。黄烟子是大小如北方的麻雷子的炮仗，只是里面灌的不是硝药，而是雄黄。点着后不响，只是冒出一股黄烟，能冒好一会儿。把点着的黄烟子丢在橱柜下面，说是可以熏五毒。小孩子点了黄烟子，常把它的一头抵在板壁上写虎字。写黄烟虎字笔画不能断，所以我们那里的孩子都会写草书的“一笔虎”。还有一个风俗，是端午节的午饭要吃“十二红”，就是十二道红颜色的菜。十二红里我只记得有炒红苋菜、油爆虾、咸鸭蛋，其余的都记不清，数不出了。也许十二红只是一个名目，不一定真凑足十二样。不过午饭的菜都是红的，这一点是我没有记错的，而且，苋菜、虾、鸭蛋，一定是有的。这三样，在我的家乡，都不贵，多数人家是吃得起的。

我的家乡是水乡，出鸭。高邮大麻鸭是著名的鸭种。鸭多，鸭蛋也多。高邮人也善于腌鸭蛋。高邮咸鸭蛋于是出了名。我在苏南、浙江，每逢有人问起我的籍贯，回答之后，对方就会肃然起敬：“哦！你们那里出咸鸭蛋！”上海的卖腌腊的店铺里也卖咸鸭蛋，必用纸条特别标明：“高邮咸蛋”。高邮还出双黄鸭蛋。别处鸭蛋也偶有双黄的，但不如高邮的多，可以成批输出。双黄鸭蛋味道其实无特别处。还不就是个鸭蛋！只是切开之后，里面圆圆的两个黄，使人惊奇不已。我对异乡人称道高邮鸭蛋，是不大高兴的，好像我们那穷地方就出鸭蛋似的！不过高邮的咸鸭蛋，确实是好，我走的地方不少，所食鸭蛋多矣，但和我家乡的完全不能相比！曾经沧海难为水，他乡咸鸭蛋，我实在瞧不上。袁枚的《随园食单·小菜单》有“腌蛋”一条。袁子才这个人我不喜欢，他的《食单》好些菜的做法是听来的，他自己并不会做菜。但是“腌蛋”这一条我看后却觉得很亲切，而且“与有荣焉”。文不长，录如下：

> 腌蛋以高邮为佳，颜色细而油多，高文端公最喜食之。席间，先夹取以敬客，放盘中。总宜切开带壳，黄白兼用；不可存黄去白，使味不全，油亦走散。

高邮咸蛋的特点是质细而油多。蛋白柔嫩，不似别处的发干、发粉，入口如嚼石灰。油多尤为别处所不及。鸭蛋的吃法，如袁子才所说，带壳切开，是一种，那是席间待客的办法。平常食用，一般都是敲破“空头”用筷子挖着吃。筷子头一扎下去，吱——红油就冒出来了。高邮咸蛋的黄是通红的。苏北有一道名菜，叫作“朱砂豆腐”，就是用高邮鸭蛋黄炒的豆腐。我在北京吃的咸鸭蛋，蛋黄是浅黄色的，这叫什么咸鸭蛋呢！

端午节，我们那里的孩子兴挂“鸭蛋络子”。头一天，就由姑姑或姐姐用彩色丝线打好了络子。端午一早，鸭蛋煮熟了，由孩子自己去挑一个，鸭蛋有什么可挑的呢？有！一要挑淡青壳的。鸭蛋壳有白的和淡青的两种。二要挑形状好看的。别说鸭蛋都是一样的，细看却不同。有的样子蠢，有的秀气。挑好了，装在络子里，挂在大襟的纽扣上。这有什么好看呢？然而它是孩子心爱的饰物。鸭蛋络子挂了多半天，什么时候孩子一高兴，就把络子里的鸭蛋掏出来，吃了。端午的鸭蛋，新腌不久，只有一点淡淡的咸味，白嘴吃也可以。

孩子吃鸭蛋是很小心的。除了敲去空头，不把蛋壳碰破。蛋黄蛋白吃光了，用清水把鸭蛋壳里面洗净，晚上捉了萤火虫来，装在蛋壳里，空头的地方糊一层薄罗。萤火虫在鸭蛋壳里一闪一闪地亮，好看极了！

小时读囊萤映雪故事，觉得东晋的车胤用练囊盛了几十只萤火虫，照了读书，还不如用鸭蛋壳来装萤火虫。不过用萤火虫照亮来读书，而且一夜读到天亮，这能行吗？车胤读的是手写的卷子，字大，若是读现在的新五号字，大概是不行的。

1984年

梅花魂

陈慧瑛

故乡的梅花又开了。那朵朵冷艳、缕缕幽芳的梅花，总让我想起漂泊他乡、葬身异国的外祖父。

我出生在东南亚的星岛，从小和外祖父生活在一起。外祖父年轻时读了不少经、史、诗、词，又能书善画，在星岛文坛颇负盛名。我很小的时候，外祖父常常抱着我，坐在梨花木大交椅上，一遍又一遍地教我读唐诗宋词。每当读到“独在异乡为异客，每逢佳节倍思亲”“春草明年绿，王孙归不归”“自在飞花轻似梦，无边丝雨细如愁”之类的句子，常会有一颗两颗冰凉的泪珠落在我的腮边、手背。这时候，我会拍着手笑起来：“外公哭了！外公哭了！”老人总是摇摇头，长叹一口气，说：“莺儿，你还小呢，不懂！”

外祖父家中有不少古玩，我偶尔摆弄，老人也不甚在意。唯独书房那一幅墨梅图，他分外爱惜，家人碰也碰不得。我五岁那年，有一回到书房玩耍，不小心在上面留了个脏手印，外祖父顿时拉下脸来。有生以来，我第一次听到他训斥我妈："孩子要管教好，这清白的梅花，是玷污得的吗？"训罢，便用刀片轻轻刮去污迹，又用细绸子慢慢抹净。看见慈祥的外祖父大发脾气，我心里又害怕又奇怪：一枝画梅，有什么稀罕的呢？

有一天，妈妈忽然跟我说："莺儿，我们要回中国去！"

"干吗要回去呢？"

"那儿才是我们的祖国呀！"

哦！祖国，就是那地图上像一只金鸡的地方吗？就是那拥有长江、黄河、万里长城的国土吗？我欢呼起来，小小的心充满了欢乐。

可是，我马上想起了外祖父，我亲爱的外祖父。我问妈妈："外公走吗？"

"外公年纪太大了……"

我跑进外祖父的书房，老人正躺在藤沙发上。我说："外公，你也回祖国去吧！"

想不到外祖父竟像小孩子一样，"呜呜呜"地哭了起来……

离别的前一天早上，外祖父早早地起了床，把我叫到书房里，郑重地递给我一卷白杭绸包着的东西。我打开一看，原来是那幅墨梅，就说："外公，这不是您最宝贵的画吗？"

"是啊，莺儿，你要好好保存！这梅花，是我们中国最有名的花。旁的花，大抵是春暖才开花，她却不一样，愈是寒冷，愈是风欺雪压，花开得愈精神，愈秀气。她是最有品格、最有灵魂、最有骨气的！几千年来，我们中华民族出了许多有气节的人物，他们不管历经多少磨难，不管受到怎样的欺凌，从来都是顶天立地，不肯低头折节。他们就像这梅花一样。一个中国人，无论在怎样的境遇里，总要有梅花的秉性才好！"

回国的那一天正是元旦，虽然热带是无所谓隆冬的，但腊月天气，也毕竟凉飕飕的。外祖父把我们送到码头。赤道吹来的风撩乱了老人平日梳理得整整齐齐的银发，我觉得外祖父一下子衰老了许多。

船快开了，妈妈只好狠下心来，拉着我登上大客轮。想不到泪眼蒙眬的外祖父也随着上了船，递给我一块手绢——一色雪白的细亚麻布上绣着血色的梅花。

多少年过去了，我每次看到外祖父珍藏的这幅梅花图和给我的手绢，就想到，这不只是花，而且是身在异国的华侨老人一颗眷恋祖国的心。

1989年

我爱你，中国的汉字

刘湛秋

我写着写着，常常为我面前这一个个方块字而动情。它们像一群活泼可爱的孩子在纸上玩笑嬉戏，像一朵朵美丽多姿的鲜花愉悦你的眼睛。这时，我真不忍将它们框在方格里，真想叫它们离开格子去舒展，去不受拘束地享受自己的欢乐。

真的，它们可不是僵硬的符号，而是有着独特性格的精灵。你看吧，每个字都有不同的风韵。“太阳”这个词，使你感触到热和力，而“月亮”却又闪着清丽的光辉。“轻”字使人有飘浮感，“重”字一望而沉坠。“笑”字令人欢快，“哭”字一看就像流泪。“冷霜”好像散发出一种寒气，“幽深”两个字一出现，你似乎进入森林或宁静的院落。当你落笔写下“人”这个字，不禁肃然起敬，并为“天”和“地”的创造赞叹不已。这些有影无形的图画，这些横竖勾勒的奇妙组合，同人的气质多么相近。它们在瞬间走进想象，然后又从想象流出，只在记忆中留下无穷的回味。这是一些多么可爱的小精灵呵！而在书法家的笔下，它们更能生发出无穷无尽的变化，或挺拔如峰，或清亮如溪，或浩瀚如海，或凝滑如脂。它们自身就有一种智慧的力量，一个想象的天地，任你尽情飞翔与驰骋。在人类古老的长河中，有哪一个民族能像中华民族拥有这么丰富的书法瑰宝？

为什么说中华民族是诗的民族呢？这些美丽而富有魅力的文字生来就给使用它的人带来了诗的灵性。看着这些单个的有色彩、有声音、有气味的词，怎能不诱发你调动这些语言的情绪呵！西方现在有少数诗人在追求“玩文字”，但他们怎么能从26个字母的组合中去找到“玩文字”的魅力呢！只有中国的汉字，几万个不同的字形，几十万、几百万种奇妙的组合，足以产生遣使文字的快乐，甚至能在语义以外寻求那种文字对人类思维和感官的想象力！中国的汉字是高强度悟性的结晶，必能训练出人的悟性。

也许，这又多少还有一些悲哀，据说那种偏重对悟性的训练是会影响科学和理性的。那么，是不是因为中国汉字没有时间的变化就影响了人们对时间的概念呢？是不是因为汉字创造了那么多血缘不同的称谓而使得中国有无穷的繁文缛节呢？多么奇妙啊，这些方块字竟和一个民族的习性相关连！

在世界的文字之林中，中国的汉字确乎是异乎寻常的。它的创造契机显示出中国人与世不同的文明传统和感知世界的方式。但它是强有力的、自成系统的，它用一个个方块字培育了五千年古老的文化，维系了一个统一的大国的存在，不管这块东方的土地上有多少种不同的语音，讲着多少互相听不懂的方言，但这汉字的魅力却成了交响乐队的总指挥！

面对着科学的飞跃，人们在慨叹中国技术的落后，想在困惑中寻求摆脱这种象形文字带来的同世界的阻隔，因而发出了实行汉字拼音化的震撼灵魂的呐喊。是的，这种呼唤曾经搅动得热血沸腾，但却有点唐吉诃德攻打风车的憨态。中国的汉字以其瑰丽雄健的生命力证明了自己的存在价值。是电脑接受了汉字，而不是电脑改变了汉字。在科学攀向高峰所出现的复杂思维状态中，倒是那种拼音字需要不断地再造，以至到了不堪忍受的繁琐程度，惟中国的汉字却反而焕发出青春，轻而易举地用原有的词汇构成了新的概念和术语。真的，中国的方块字能消化各种外来的新创造，因为它拥有一个单字的海洋。在人们熟悉这种文字后，可寻求的新的组合和创造的天地是那样的宽广而简便。

我是炎黄的子孙，是喝扬子江的水长大的，也许，和别的民族一样喜欢夸耀自己的东西。俄国的罗蒙诺索夫不是用诗的语言赞美过俄罗斯语言吗？但我不是传统的盲目的维护者，我只崇尚人类文明的创造。在我粗通一些西方文字后，我是越来越惊叹中国汉字的无与伦比的创造了。

啊！像徜徉在夏天夜晚的星空下，为那壮丽的景色而迷醉，我真的是无限钟情我赖以思维和交往的中国汉字，并震惊于它的再生活力和奇特魅力。我想，在人类历史的长河中，这种文字将越来越被世人所珍惜和喜爱。

我的使用汉字的同胞们、朋友们，请去发展它、丰富它吧！历史和文明正向我们投来新的目光！

1989年

月是故乡明

季羡林

每个人都有个故乡，人人的故乡都有个月亮。人人都爱自己故乡的月亮。事情大概就是这个样子。

但是，如果只有孤零零一个月亮，未免显得有点孤单。因此，在中国古诗文中，月亮总有什么东西当陪衬，最多的是山和水，什么“山高月小”“三潭印月”等等，不可胜数。

我的故乡是在山东西北部大平原上。我小的时候，从来没有见过山，也不知山为何物。我曾幻想，山大概是一个圆而粗的柱子吧，顶天立地，好不威风。以后到了济南，才见到山，恍然大悟：山原来是这个样子呀！因此，我在故乡里望月，从来不同山联系。像苏东坡说的“月出于东山之上，徘徊于斗牛之间”，完全是我无法想象的。

至于水，我的故乡小村却大大地有。几个小苇坑占了小村面积一多半。在我这个小孩子眼中，虽不能像洞庭湖“八月湖水平”那样有气派，但也颇有一点烟波浩渺之势。到了夏天，黄昏以后，我在坑边的场院里躺在地上，数天上的星星。有时候在古柳下面点起篝火，然后上树一摇，成群的知了飞落下来，比白天用嚼烂的麦粒去粘要容易得多。我天天晚上乐此不疲，天天盼望黄昏早早来临。

到了更晚的时候，我走到坑边，抬头看到晴空一轮明月，清光四溢，与水里的那个月亮相映成趣。我当时虽然还不懂什么叫诗兴，但也顾而乐之，心中油然有什么东西在萌动。有时候在坑边玩很久，才回家睡觉。在梦中见到两个月亮叠在一起。清光更加晶莹澄澈。第二天一早起来，到坑边苇子丛里去捡鸭子下的蛋，白白地一闪光，手伸向水中，一摸就是一个蛋。此时更是乐不可支了。

我只在故乡呆了六年，以后就离乡背井，漂泊天涯。在济南住了十多年，在北京度过四年，又回到济南呆了一年，然后在欧洲住了近十一年，重又回到北京，到现在已经四十多年了。在这期间，我曾到过世界上将近三十个国家，我看过许许多多的月亮。在风光旖旎的瑞士莱芒湖上，在平沙无垠的非洲大沙漠中，在碧波万顷的大海中，在巍峨雄奇的高山上，我都看到过月亮。这些月亮应该说都是美妙绝伦的，我都异常喜欢。但是，看到它们，我立刻就想到我故乡中那个苇坑上面和水中的那个小月亮。对比之下，无论如何我也感到，这些广阔世界的大月亮，万万比不上我那心爱的小月亮。不管我离开我的故乡多少万里，我的心立刻就飞回来了。我的小月亮，我永远忘不掉你!

我现在已经年近耄耋，住的朗润园是燕园胜地。夸大一点说，此地有茂林修竹，绿水环流，还有几座土山，点缀其间。风光无疑是绝妙的。前几年，我从庐山休养回来，一个同在庐山休养的老朋友来看我。他看到这样的风光，慨然说:“你住在这样的好地方，还到庐山去干吗呢!”可见朗润园给人印象之深。此地既然有山，有水，有树，有竹，有花，有鸟，每逢望夜，一轮当空，月光闪耀于碧波之上，上下空濛，一碧数顷，而且荷香远溢，宿鸟幽鸣，真不能不说是赏月胜地。荷塘月色的奇景，就在我的窗外。不管是谁来到这里，难道还能不顾而乐之吗?

然而，每值这样的良辰美景，我想到的仍然是故乡苇坑里的那个平凡的小月亮。见月思乡，已经成为我经常的经历。思乡之病，说不上是苦是乐，其中有追忆，有惆怅，有留恋，有惋惜。流光如逝，时不再来。在微苦中实有甜美在。

月是故乡明，我什么时候能够再看到我故乡的月亮呀!我怅望南天，心飞向故里。

1992年[1]

华语情结

余秋雨

语言有一个底座。说一种语言的人属于一个（或几个）种族，属于身体上某些特征与别人不同的一个群。语言不脱离文化而存在，不脱离那种代代相传地决定着我们生活面貌的风俗信仰总体。

语言是我们所知道的最庞大最广博的艺术，是世世代代无意识地创造出来的无名氏的作品，像山岳一样伟大。

——Edward Sapir：《语言论》

1 该年份为收录该文的《文化苦旅》最早出版年份。

其一

说得真好，语言像山岳一样伟大。不管哪一种，堆垒到20世纪，都成了山。华语无疑是最高大幽深的巨岳之一了，延绵的历史那么长，用着它的人数那么多，特别有资格接受E.Sapir给予的“庞大”“广博”这类字眼。一度与它一起称雄于世的其他古代语言大多已经风化、干缩，唯有它，竟历久不衰，陪伴着这颗星球上最拥挤的人种，跌跌撞撞地存活到今天。就是这种声音，就是这种语汇，就是这种腔调，从原始巫觋口中唱出来，从孔子庄子那里说下来，从李白杜甫苏东坡嘴里哼出来，响起在塞北沙场，响起在江湖草泽，几千年改朝换代未曾改掉它，《二十五史》中的全部吆喝、呻吟、密谋、死誓、乞求都用着它，偌大一个版图间星星点点的茅舍棚寮里全是它，这么一座语言山，还不大吗？

但是，山一大又容易让人迷失在里边。苏东坡早就写好一首哲理诗放着呢：“横看成岭侧成峰，远近高低各不同。不识庐山真面目，只缘身在此山中。”终身沉埋在华语圈域中的人很难辨识华语真面目，要真正看清它，须走到它的边沿，进出一下山门。

我揣想最早进出山门的比较语言学家是丝绸之路上的客商。听到迎面而来的驼铃，首先要做的是语言上的判断。那时唐朝强盛，华语走红，种种交往中主要是异邦人学华语。这就像两种溶液相遇，低浓度的溶液只能乖乖地接受高浓度溶液的渗透。尽管当时作为国际都市的长安城大约有百分之五的人口是各国侨民、外籍居民及其后裔，华语反而因他们的存在而显得更其骄傲。请读这一阕词：

“云带雨，浪迎风，钓翁回棹碧湾中。春酒香熟鲈鱼美。谁同醉？缆却扁舟篷底睡。”

这竟然出自一个沿着“丝绸之路”而来的波斯商人后代的手笔！他叫李珣，在唐代诗歌领域已占有一席之地。就从这几句便足可看出，华语，连带着它背后的整个华夏文化人格，曾经被一个异邦人收纳到何等熨帖的程度。语言优势与心理优势互为表里，使得唐代的中国人变得非常大度。潇潇洒洒地请一位波斯大酋长代表中国出使东罗马，请一位日本人担任唐朝国家图书馆馆长（秘书监），科举考试也允许外国留学生参加，考上了称作“宾贡进士”，也能在朝廷担任官职。这些外国人当然都讲华语，都在一种无形强磁波的统摄下，不必深加防范的。在这种情况下，华语对于别种语言，不太平等。

抱着极平等的心态深入往返于两种语言文化间的，或许应首推玄奘。他如此艰辛地走啊走，为的是走出实在太辽阔也太强大的华语文化圈。但是，无论是他的出去还是回来，他对华语文化和梵文文化完全不存一丁点儿厚此薄彼的倾向，在他的脚下和笔下，两种语言文化只有互补性的发现，还不构成争胜式的对峙。于是，一些极为温煦的场景出现了：并不太信仰佛教的唐太宗愉快地召见了这位远游归来已经多年没说华语的大师，还亲赐一篇《圣教序》来装点玄奘带回来的一大堆梵文经典。这位很有文化见识的皇帝特地请人用晋代书法家王羲之的字拼集出这篇《圣教序》，让华语文化更增添一层形式美去与域外文化联姻。从此，玄奘安静地住持弘福寺和慈恩寺译场，天天推敲着两种语言间的宗教性转换。在他身后，九州大地佛号声、诵经声此起彼伏，无数目不识丁的中国老太太的瘪嘴中，倾吐出一种镶嵌着不少梵文词汇的华语方式，并且代代相传，他无意中实现了对华语文化吞吐能力的一次测试和开拓。

到得明清时期，华语文化与西方文化的交往就再也不会出现玄奘那样的安详气韵了。不管是欧洲传教士的纷至沓来还是中国文人的厕身洋务，心情都有点怪异，敏感、窥测、自尊、叹息，拌和成一团驱之不散的烟雾，飘浮在两种语言的交接间。这全然不是个人的事，欧洲文明的崛起使曾经极为脆响的华语稍稍变得有点嗫嚅。另一种不太平等的态势出现了，而且越到近代越甚，在国内国外有些地方，华语简直有点“虎落平阳”的景况了。

一个苍老而疲惫的母亲常常更让儿女们眷恋，于是，就从华语在国际交往中逐渐不大景气的时候开始，在中国的文化漂流者心中，一种“恋母情结”产生了。当然并不能与 Oedipus Complex（俄狄浦斯情结）完全等同，但那种隐潜，那种焦虑，那种捧之弃之、远之近之的矛盾心理，那种有时自惭形秽、有时又恨不得与人厮杀一场的极端性摇摆，还是颇得“情结”三昧的。

这些年在华语圈边沿上晃荡进出的人数之多，可能已达到历史之最。青年知识分子中很少有完全不理会外语的，这实在是中国走向世界、走向现代、走向未来的吉兆，一点也不应该抱怨。从趋向看，进出华语圈的人还会多起来。几乎所有大城市里的父母亲，都在关注着子女们的外语成绩。至于华语的好不好，反而已不是关心的重点。前不久听一位中年学者演讲，他讲到自己曾默默与一个外国同行作过对比，觉得除了英语，其他都可超过。“我英语不如他，但他华语不如我呀，扯平了！”学者说到这里引得全场哄笑。大伙不能不笑，他们似乎已经不习惯把华语放在与英语平等的地位上。据说产生笑的机制之一是把两个完全没有可比性的东西比到了一起，酿发出一种出人意料的不谐调感。难道，华语在世界语言丛林中真已变成了这样的角色？笑容只能在脸上凝冻，心底卷来绵长的感叹。

其二

黄皮肤，黑眼睛，整个神貌是道地的华人，一位同样是华人的记者在采访他，两人说的是英语，这在南洋各国都不奇怪。

采访结束了，记者说：“您知道我们是华文报，因此要请教您的华文名字，以便刊登。”

“我没有华文名字。”他回答得很干脆。

记者有点犯难：把一个写明是华人的采访对象称作杰克逊或麦克斯韦尔之类，毕竟有点下不了手。采访对象看出了记者的顾虑，宽慰地说：“那你就随便给我写一个吧！”

这种经常发生的对话是如此平静，但实在足以震得近在咫尺的土地神庙、宗乡会馆柱倾梁塌。时间并不遥远，那些从福建、广东等地漂流来的中国人登陆了，在家乡，隔一道山就变一种口音，到了南洋，与马来人、印度人、欧洲人一羼杂，某种自卫意识和凝聚意识渐渐上升，这种自卫的凝聚是一种多层构建，最大一个圈圈出了全体华人，然后是省份、县邑、宗族、姓氏，一层层分解，每一层都与语言口音有关。不知经过多少次灾祸、争斗，各种地域性、宗教性的会馆竞相设立，而最稳定、最牢靠的“会馆”，却屹立在人们的口舌之间。一开口就知道你是哪儿人，除了很少的例外，多数难于逃遁。

怎么也没有想到会涡卷起一种莫名的魔力，在短短数十年间把那一圈圈、一层层的自卫、凝聚构建一古脑儿软化了，把那一些由故乡的山梁承载的、由破旧的木船装来的华语，留给已经不大出门的爷爷奶奶，留给宗乡会馆的看门老汉，而他们的后代已经拗口。用英语才顺溜，尽管这种英语带着明显的南洋腔调，却也能抹去与故乡有关的种种分野，抹去家族的颠沛、时间的辛酸，就像从一条浑浊的历史河道上潜泳过来，终于爬上了一块白沙滩，耸身一抖，抖去了浑身浑浊的水滴，松松爽爽地走向了现代。不知抖到第几次，才抖掉了华语，然后再一用力，抖掉了姓氏，只好让宗乡会馆门庭冷落了，白沙滩上走着的正是黄皮肤黑眼珠的杰克逊和麦克斯韦尔。

在这一个过程中，我所关注的理论问题是，一个群体从学习外语到不讲母语需要经历多大的心理转换，大概需要多长的时间，再进一步，从不讲母语到遗落家族姓氏又需要经历多大的心理转换，还需要多长的时间。当然，更迫切的问题还在于，这一切是不是必然的，能在多大程度上避免。不管怎么说，我已看到了大量不争的事实：语言的转换很快就造就了一批斩断根脉的“抽象人”。

新加坡实践话剧团演过一个有趣的话剧《寻找小猫的妈妈》，引起很大的社会轰动。这个话剧，确实是以“话”作为出发点的。一个三代同处的家庭，第一代讲的是福建方言，第二代讲的是规范华语，第三代只懂英语，因此，每两代之间的沟通都需要翻译，而每一次翻译都是一次语义和情感上的重大剥落。如果是科学论文、官样文章，可能还比较经得起一次次的翻译转换，越是关乎世俗人情、家庭伦理的日常口语，越是无奈。结果，观众们看到的是，就在一个屋顶之下，就在一个血统之内，语言，仅仅是因为语言，人与人的隔阂是那样难于逾越。小小的家庭变得山高水远，观众在捧腹大笑中擦起了眼泪。

无数家庭都在经历着这类文化悲剧，人们并不是轻而易举就能避开的。恨恨地骂几句“数典忘祖”，完全不能解决现实问题。就拿新加坡来说，一代政治家急切地要把这个以华人为主的年轻国家快速推入现代国际市场，就必然要强悍地改换一套思维方式和节奏方式，那么，没有比改换一种语言氛围更能透彻有效地达到这个目的的了，因为语言连带着一个整体性的文化——心理基座，把基座“移植”过来，其他一切也就可以顺水推舟了。当然也可以不这样做，但这样做的效果却显而易见。整个国家是这样，每个家庭也是这样。年幼的孩子如果学好英语，中学毕业后可以直接投考欧美各国的名牌大学，即使不读大学也能比较顺利地进入这个国际商市的大多数公司企业。至少在目前，华语水平确实不是新加坡青年谋职的必需条件，而要学好华语，耗费的时间和精力却远超英语。在中国大陆通过很自然的方式已经学好了华语的中国青年也许不会痛切地感到学习华语之难，而在新加坡，竟有华人小孩因华语课太难而准备自杀，使得父母不得不搬家到澳洲或别的用不着学华语的地方。是的，华语牵连着远祖的精魂，牵连着五千年的文明，他们都知道；但门外的人生竞争是那么激烈，哪一位家长都不太愿意让孩子花费几十年去死啃一种极其艰难又不太有用的语言。尽管年迈的祖父还在一旁不满地嘀咕，尽管客厅的墙上还挂着中国书法，父母代孩子填下了学英语的志愿，把华语的课目轻轻划去。血缘原则、情感原则、文化原则暂时让位给了开放原则、实用原则、经济原则。谁也无法简单地判断怎么是对，怎么是错，这里赫然横亘一个无可奈何。

我认识一位流浪过大半个中国的华侨著名发型师，他对华人黑发造型有精湛的研究。求他做头发造型的华族小组络绎不绝，但不少小姐总是把母亲也带到美发厅里来，原因只在于，这位发型师有一个怪脾气，为华人黑发造型时他只说华语，小姐们的母亲是来充当翻译的。年老的发型师力图营造一个发色和语言协调的小天地，保存一点种族性的和谐，但他实际上并没有成功。中国人的头发几万几千年一直黑下来，黑过光荣，黑过耻辱，将来还会一直黑下去，但语言却并不是这样固执。或许最终还是固执的，但现在却已不易构成与中国人的生理特征一样稳定的审美造型。对此，发型师是痛苦的，小姐们是痛苦的，母亲们也是痛苦的，这是一种不愿反悔、更不愿谴责的痛苦，一种心甘情愿的痛苦，而这种痛苦正是最深切的痛苦。

这种痛苦早就有过，而且都已老化为沉默。我想“牛车水”这个地名就是这样的沉默物。三个字本身就是一种倔强的语言硬块，浑身土俗地屹立在现代闹市间。据说新加坡开发之初很缺淡水，就有一批华人打了深井，用牛拉盘车从井里打水，然后又驱赶着牛车到各地卖水。每天清晨，这座四面环海却又十分干渴的城市醒来了，来自各国的漂泊者们都竖起耳朵期待着一种声音。木轮牛车缓缓地碾在街石上，终于传来一个极其珍贵的字眼：

水——！

当然是华语，那么婉转，那么回荡，那么自豪和骄傲！一声声喊去，一天天喊去，一年年喊去，新加坡一片滋润。

如今，牛车水一带街道的旧屋门口，有时还能看到一些闲坐着的古稀老人。也许他们呵出过太多的水气，干瘪了，只剩下满脸沟壑般的皱纹。眼前，是他们呵出的一个现代化的城市，但在这座城市间，他们已成了陌生人。

看着他们木然的神情，我总会去思考有关漂泊的最悲怆的含义：出发的时候，完全不知道航程会把自己和自己的子孙带到哪里。

直到今天，不管哪一位新一代的华人漂泊者启程远航，欢快的祝愿和告别中仍然裹卷着这种悲怆的意绪。

其三

英语里的 billionaire 翻译成华语成了“亿万富翁”，但她是女性。市民小报中有“富婆”的字眼，我当然不会用在她头上，人家是高品位的文化人。华语还没有来得及为各种巨富调理好足够的词汇，我们不正在评说华语吗，这是华语的缺憾。

她在一家豪华饭店的“李白厅”里请我吃饭。在李白的名字下请中国文人显然是合适的，但为什么要请我呢？我想主要是因为我从上海来。

在新加坡要找一个上海人，远比纽约、旧金山、东京困难。好像华侨也有个分工，南洋显然是被福建、广东包了，上海人乃至江浙人挤在这里显得无趣，跑到别处去了。结果，一个上海人要在这里听几句道地的上海话成了一种奢侈的愿望。我在这里遇到过几次没有前因后果的聚会，参加者就是几个偶尔相识的上海人。名字还没有一一搞清呢，却来邀请吃饭了，主菜是“腌笃鲜”、炝蟹什么的，当然要去。有次我请当地一位演员驾车载我赴约，为了不使这位演员受冷落，预先在电话里讲明“不全讲上海话”。结果是，一进门大伙就忘情，弄得演员在饭桌一隅呵欠连连、昏昏欲睡。

我进李白厅时，她已坐在那里，整个大厅就她一个顾客，一群女招待显然都认识她，极其恭敬地站在一边看着她，注意她有什么最细小的要求，例如要移一下茶杯、挪一挪椅子之类，陪她等。我风风火火闯进去，她的上海话就劈头盖脑地过来了，讲得十分流利和纯正。华语的庞大家族中有许多分支是很难学道地的，上海话就是其中的一种。一开口就听出来，半点马虎不过去，说了两三句，已可充分表明你和上海的早期缘分。

话题一展开，她的上海话渐渐有点不够用了，她离开上海已经整整半个世纪，而现今的谈话，多数词汇都是这半个世纪来新冒出来的，她不知道用上海话该怎么说。她开始动用上海腔很重的“普通话”，还是不解决问题，最后只好在一切名词概念上通通用她最纯熟的语言——英语来表达了。

突然，奇迹一般地，她嘴里又冒出来一大堆湖南话。原来她原籍并非上海，而是湖南，父亲是长沙郊区一个菜农的儿子，靠刻苦读书考上了官费留学，学成回国成了上海一个著名的工程师，但还是满口湖南腔。她在上海出生、长大，读中学时，在鲁迅小说中了解了中国农民，因此有意去摹仿父亲的湖南话，希图从中找到一点祖父的面影。结果是，八年前她第一次到长沙，满口长沙话把湘江宾馆的服务员小姐吓了一跳。

语言实在是一种奇怪的东西，有时简直成了一种符咒，只要轻轻吐出，就能托起一个湮没的天地，开启一道生命的闸门。我知道，这位多少年来一直沉溺于英语世界中的女士真正说湖南话和上海话的机会是极少极少的，但那些音符，那些节奏，却像隐潜在血管中的密码，始终未曾消失。她曾经走遍了世界各地，人生的弓弦绷得很紧，但是，不管在什么地方，当她在繁忙的空隙中一人静处，唤回自我的时候，湖南话和上海话的潜流就会悄悄泛起，然后又悄悄消退。如果不是这样，就无法解释为什么几乎半个世纪没有真正说过的湖南话和上海话依然如此纯正。“年纪大了就喜欢回首往事，哪怕在梦中。”她说，“做梦是一截一截的，每一截都讲着不同的方言语音。”

她年轻时在上海的居住地是斜桥。斜桥地区我很熟悉，根据她的依稀描述，我一条街一条街地在脑子里爬梳过去，想找到一幢带花园的影影绰绰的楼，找不到。她不记得路名，不记得门牌，记得也没有用，五十年间，什么没变？她找不回去了，只剩下那一口上海话，留在嘴边。

她说，她明天去泰国，那儿他们家正在筹建一座餐厅。“李白厅”的名字已被这儿用掉了，她打算把泰国的那一家叫做“杜甫厅”。可是，这个名称用湖南话一说就成了“豆腐厅”。“豆腐虽然我也爱吃，却不能这么去糟蹋中华民族的一个伟大诗人。”因此直到今天，她还在为餐厅的名字苦恼着。

她从泰国回来，又邀我到她家去了一次，一起被邀请的还有参加当时正巧召开着的世界华文教育会议的好几位其他国家的教授。邸宅的舒适华贵可以想象，印度门卫，马来西亚仆人，菲律宾女佣，忙忙碌碌地围着几个客人转。客人与主人一样，是华人，讲华语。今天晚上在这个院子里，华语就像在唐代一样神气。

客厅里挤挤地摆设着世界各地的工艺品，而兜门正墙上却悬挂着一幅垂地长轴，上面以楷书抄录着孟郊的《游子吟》：

慈母手中线，游子身上衣。

临行密密缝，意恐迟迟归。

谁言寸草心，报得三春晖。

这些毛笔字写得生硬、稚拙，但又显得极其认真。这是女主人的女儿写给妈妈的，女儿从小受英语教育，是一位造诣和名声都很高的英语作家，曾荣获联合国主办的英语小说大奖。这么一位女才子，不知怎么一来，竟捏着一枝毛笔练起中国字来，一定是练了好久才写得下这一幅字的；至于孟郊那首诗，要由这样一位立足英语背景的作家来找到、读通，以至感同身受，更是要花费好些时日的。但她毕竟写出来了，亮堂堂地挂在这儿，就像一个浪迹天涯的游子揣摩了好久家乡口音只为了深情地叫一声“娘!”这当然是对着她的母亲，但不期然地，也同时表现出了对母语的恭敬。她把这两者混在一起了，即便对精通英语的母亲，她也必须用华语来表示感情。我们不妨顺着她的混同再往前走出一步：如果把华语也一并看作是“慈母”，那么，从她手中拉牵出来的线真是好长好远，细密地绾接着无数海外游子的身心。事实上，这条线已成了种族繁衍的缆索，历史匍匐的纤维。

其四

我听很有特点的马来西亚华语，是在一个不到 20 岁的小伙子口中。他叫K.L.，华裔，马来西亚怡保市人，刚从中学毕业。瘦瘦的，静静的，眼睛清彻透明，整天埋头干活，一抬头，见有人在看他，立即脸红。这是华人传统观念中最老实本分的“乖孩子”，可是无论在大陆，在台湾，在香港，乃至在新加坡，都不很容易找到了，冷不丁从马来西亚走出来一个，我十分惊奇。

K.L.曾与我在同一幢楼里相邻而居。当时他正在为实践话剧团的一次演出帮忙，每天搞得很晚回来。半夜，这个高级住宅区阒寂无声，突然每个院子门口的狗都叫了起来，我知道，那是他回来了。他进门要开好几道门：花园的铁门，楼房的栅栏门，屋子的木门，以及他的房门，但他竟然可以不发出任何一点声音，为的是怕惊动我。有几次我简直怀疑起刚才狗叫的准确性，推开房门探头一看，他的房门底沿下已露出一线灯光。第二天，等我起床漱洗，他却早已出门，证据是：大门口报箱里的两大叠中、英文早报，已经取来整整齐齐放在会客室的茶几上。

我奇怪了，晚回来是因为演出，但那么早出门又是为了什么呢？

终于有一天，他没出门，对我说，明天就要回马来西亚，今天整理行李。他的行李全是书，层层叠叠堆在桌上、椅上、床上，绝大部分是华文艺术书籍。我知道，要在新加坡收集这么多华文艺术书籍是极不容易的，原来他每天一早出门是在忙这个。

他告诉我，他在马来西亚读中学时爱上了中国的文学艺术，但靠着这种爱是无法在今日南洋立足谋生的，因此父母亲要他到日本去读大学。父母亲是城市平民，经济不宽裕，他只得先到新加坡打工，筹措留学经费。但一到新加坡，就像鬼使神差一般，他不能不欺骗父母和自己了。他什么赚钱的工作也不找，专奔新加坡唯一的专业华语剧团来，十分投入地参与他们的各种艺术活动，得到一点报酬就买华文书。有中国大陆或台湾来的华语演出和电影，再贵也咬咬牙买票看。现在他的居留期已满，不能不回去了，明天，父母亲一定会问他去日本的经费的，他会如何回答呢？他本来想，没赚下钱，至少买一身像样的衣服回去让父母眼睛一亮，但一犹豫，衣服又变成了两本华文书，他随身的衣物放进一个小小的塑料食品袋里就可带走。鞋破了，趿着拖鞋回去。

临别，他细细地关照我，菜场在哪里，该坐什么车，哪家的狗最凶，最近的邮箱在何处。我只是一味地问他回去后如何向父母亲交待，他沉默了一会儿，然后用使我惊异的老成语调向我引述一位行将退休的新加坡政治家的话。这位政治家的意思是，一百年后，朝鲜还将是朝鲜，日本还将是日本，越南还将是越南，但新加坡会怎么样，却很难想象，因为我们最注重的是英语，但我们的英语讲得再好，英国人、美国人也不会承认和接纳我们。要维系住一个国家的本体面貌，不能不重新唤醒溶解在我们血脉中的母语文化。

是的，我记起来了，几天前我在电视屏幕前听过这位政治家用缓慢的华语发表提倡华语的讲话。娴熟地讲了一辈子英语的他，在晚年已不止一次地提倡过华语，银发苍然，目光诚恳，让人感动。

但是，K.L. 不一会儿又忧郁起来，他深知他的父母能理解这位政治家的话，但为了儿子的现实生计，还是会要求他去日本读大学的。何况，他们家不在新加坡，是在马来西亚。

背着一大堆华文书，背着一个不知来自何处的眷恋，他回国了。他肯定会去日本或其他国家的，但华文书太重，他走得很慢。他还不习惯出远门，不会打行李包，稀稀拉拉地几乎是抱着华文书走的。他回过头来向我招手，但不愿大声地说什么，因为他对我说过，他的华语有很重的马来腔，怕别人笑话。然而他不怕别人笑他抱着行李、趿着拖鞋回国。啪哒、啪哒，他的拖鞋已踩过了国境线。

其五

那天，许多年老的新加坡华人都挤到了一个剧场中，观看一台从台湾来的相声剧，相声剧的编导是35岁的赖声川博士，获得美国加州柏克莱大学戏剧研究所有史以来最高成绩的毕业生，目前在台湾文化界极孚声望。他还没有到过大陆，但他的多数作品却引导观众反复品尝中华民族离异的苦涩，从而来验证一种历史的归属感。这次带来的相声剧也是如此。

这样的戏，不管给海峡两岸的哪一边看，都会引起强烈回响，尽管是相声剧，观众也会以噙泪的笑声来品味“中国人”这一艰辛的课题。但是，今天这出戏是在新加坡演出，剧场里的反应会是怎样的呢？相声作为一种语言艺术，最能充分表达一个社会中某些微妙的共鸣，那么，今天中国人埋藏在插科打诨背后的离合悲欢，还能不能被其他国家的华人理解？如果不能，那么，我们深深沉浸其间的一切，岂不成了矫揉造作、顾影自怜？赖声川代表着中国人来接受一次自我拷问，他胆子很大，但在开演前却对我说，他准备启幕后好久听不到掌声和笑声。如果真是这样，他就会沮丧地坐下来，重新苦苦思考华语在当今世界的表达功能和沟通功能。

毫无疑问，与赖声川先生抱有同样担忧的只能是我。新加坡剧场的朋友也会担心，但那完全是另一回事。幕拉开了，在场的海峡两岸中国人的心也就悬起来了。也许我们还太年轻、太敏感，生怕数千年历史的拥有者在异国街市间丢脸，生怕自己的哭声让人发笑，自己的笑声让人掉泪。我这个人由于职业关系，曾安然地目睹过无数次剧场波澜，可今天，竟战战兢兢、如饥似渴地期待着新加坡观众的每一丝反应。我无法预计，如果台湾相声中的俏皮话今晚引不出应有的笑声，我会多么难堪。

好了，终于放心了，此地观众的反应非常热烈。华语，我们的华语，还有控制各种海外华人的笑声的能力。谢谢新加坡！——这种感谢自然有点自作多情，就像那天看到一批欧洲观众对一台从中国搬来的传统舞蹈热烈鼓掌，我几乎想站起来向他们鞠躬一样荒诞。

赖声川先生是我的老熟人。初次见到是在香港召开的国际比较文学会议上，后来很巧，同在两年前被新加坡戏剧界邀来演讲，这次相遇是第三次。记得两年前我们同住一家宾馆，天天神聊到深夜，肚子饿了就到附近一处小贩中心吃宵夜。我们互相“盘剥”着海峡两岸的种种社会规范、生活细节、心理习惯、世俗趣闻，出于自尊，彼此还为自己一方辩护，说到许多相似或相左的用语常常乐不可支、笑作一团。西哲有言，剧场里一句微妙的台词引起一片笑声，那是素不相识的观众在逞示着一种集体的一致性。莫非我们一代真的已到了可以用语言和笑声来认同的时分？对此我与赖先生还没有太大的信心，但是赖先生并不甘心于此，他把两年前的笑语扩充成一个艺术作品，仍然带回到新加坡，兑换成满场欢腾。正巧我又在，这还不值得庆祝一下？演出结束后我们又去了两年前天天去的那个小贩中心，尽管明知那里的小贩喜欢欺侮外国人。

理直气壮地用华语叫菜，今天晚上，这座城市的笑声属于中国人。坐在我身边的演员李立群先生是今夜无可置疑的明星，我对他说："你在台上学遍了大陆各地的方言，惟妙惟肖，唯独几句上海话学得不道地。"大陆的相声演员学各地方言早已司空见惯，说实话，我对这一招已经厌烦，但现在听台湾相声演员学来却产生了另一种感觉，谐谑的调侃猛地变成了凄楚的回忆、神圣的呼唤。学一种方言就像在作一种探寻，一种腔调刚出口，整个儿身心就已在那块土地间沉浸。因此，我不能让他们学不像上海话，这会对不起他们，也对不起上海。于是就在小贩中心的餐桌旁，我依据那几句台词一句句地教开了。赖声川先生的母亲在上海住过，因而他对我的发音并不生疏，频频点着头。李立群先生从我的发音想起了他以前一位江浙师傅，边摹仿边首肯："是这样，师傅当年也这样说的。"一句又一句，一遍又一遍，轻一声，重一声，已经认真到了虔诚。这显然已不完全是为了演出，相声演出中的学语用不着那么标准。

学会了那几句上海话，一阵轻松，开始胡乱漫谈。大家竟当着情同手足的新加坡东道主郭宝崑先生的面，极不厚道地嘲讽起新加坡人的华语水准。我想郭宝崑先生一定会原谅的：这些远隔两岸的中国人好久没有这么亲热了，一亲热就忘乎所以，拿宽厚的朋友们嘲讽一遍，好像共同获得了一种优越感，背靠着艰深的华夏文化，驱走了阔别的忧伤、海潮的寒冷。特别是那位李立群先生，专找那些只有中国人才能听懂的话与我对仗，跳跳跃跃，十分过瘾。讲禅宗，讲怪力乱神，讲文天祥会不会气功，讲天人合一的化境。这种谈话，即使翻译了，也几乎没有多少西方人能真正听懂。今晚大家像是在发狠，故意在异国土地上翻抖中华语文中的深致部位，越是瞎凑和就越贴心。

上茶了，少不了又讲陆羽，讲《茶经》的版本，讲采茶的山势、时机，煮茶的陶壶、炉炭，当然讲得最神往也最伤心的是水。喝了几千年茶的中国人，还能找到多少真正清冽的水来润喉咙？如果不多了，那么今后讲出来的华语会不会变得混浊一点呢？

我告诉李立群，古代文人为喝几口好茶，常常要到某座山上，“买泉两眼”……

李立群来劲了：“好个买泉两眼！潇洒至极！不是我吹嘘，我台湾老家山上确有好泉，想法去买它一眼，你什么时候来，我领你去喝茶！”

我赶紧叮嘱李立群先生，赶快回去买下那眼泉，好生看管着，别让它枯了。我们还不算老，也许真能喝得上一口。但是，仔细一想又觉得悲哀，这样的泉眼无论如何不会太多了，那种足以把华语晤谈的环境推到极致的阵阵茶香，已不会那么纯净。华语自然还会讲下去的，但它的最精雅蕴藉的那部分，看来总要渐渐湮没了。还会出现新的精雅部位吗？但愿。

1995年

沧桑阅尽话爱国

季羡林

按我出生的环境，我本应该终生成为一个贫农。但是造化小儿却偏偏要播弄我，把我播弄成了一个知识分子。从小知识分子把我播弄成一个中年知识分子；又从中年知识分子把我播弄成一个老知识分子。现在我已经到了望九之年，耳虽不太聪，目虽不太明，但毕竟还是“难得糊涂”，仍然能写能读，焚膏继晷，兀兀穷年，仿佛有什么力量在背后鞭策着自己，欲罢不能。眼前有时闪出一个长队的影子，是北大教授按年龄顺序排成了的。我还没有站在最前面，前面还有将近二十来个人。这个长队缓慢地向前迈进，目的地是八宝山。时不时地有人“捷足先登”，登的不是泰山，而就是这八宝山。我暗暗下定决心：决不抢先加塞，我要鱼贯而进。什么时候鱼贯到我面前，我就要含笑挥手，向人间说一声“拜拜”了。

干知识分子这个行当是并不轻松的，在过去七八十年中，我尝够酸甜苦辣，经历够了喜怒哀乐。走过了阳关大道，也走过了独木小桥。有时候光风霁月，有时候阴霾蔽天；有时候峰回路转，有时候柳暗花明。金榜上也曾题过名，春风里也曾得过意，说不高兴是假话。但是，一转瞬间，就交了华盖运，四处碰壁，五内如焚。原因何在呢？古人说：“人生识字忧患始。”这实在是见道之言。“识字”，当然就是知识分子了。一戴上这顶帽子，“忧患”就开始向你奔来。是不是杜甫的诗：“儒冠多误身”？“儒”，当然就是知识分子了，一戴上儒冠就倒霉。我只举这两个小例子，就可以知道，中国古代的知识分子们早就对自己这一行腻味了。“诗必穷而后工”，连作诗都必须先“穷”。“穷”并不一定指的是没有钱，主要指的也是倒霉。不倒霉就作不出好诗，没有切身经历和宏观观察，能说得出这样的话吗？

世界各国应该都有知识分子。但是，根据我七八十年的观察与思考，我觉得，既然同为知识分子，必有其共同之处，有知识，承担延续各自国家的文化的重任，至少这两点必然是共同的。但是不同之处却是多而突出。别的国家先不谈，我先谈一谈中国历代的知识分子。中国有五六千年或者更长的文化史，也就有五六千年的知识分子。我的总印象是：中国知识分子是一种很奇怪的群体，是造化小儿加心加意创造出来的一种“稀有动物”。虽然十年浩劫中，他们被批为“一心只读圣贤书”的“修正主义”分子。这实际上是冤枉的。这样的人不能说没有，但是，主流却正相反。几千年的历史可以证明，中国知识分子最关心时事，最关心政治，最爱国。这最后一点，是由中国历史环境所造成的。在中国历史上，没有哪一天没有虎视眈眈伺机入侵的外敌。历史上许多赫然有名的皇帝，都曾受到外敌的欺侮。老百姓更不必说了。存在决定意识，反映到知识分子头脑中，就形成了根深蒂固的爱国心。“天下兴亡，匹夫有责”，不管这句话的原形是什么样子，反正它痛快淋漓地表达了中国知识分子的心声。在别的国家是没有这种情况的。

然而，中国知识分子也是极难对付的家伙。他们的感情特别细腻，锐敏，脆弱，隐晦。他们学富五车，胸罗万象。有的或有时自高自大，自以为“老子天下第一”；有的却又患了弗洛伊德（？）讲的那一种“自卑情结”（inferiority complex）。他们一方面吹嘘想“通古今之变，穷天人之际”，气魄贯长虹，浩气盈宇宙。有时却又为芝麻绿豆大的一点小事而长吁短叹，甚至轻生，“自绝于人民”。关键问题，依我看，就是中国特有的“国粹”——面子问题。“面子”这个词儿，外国文没法翻译，可见是中国独有的。俗话里许多话都与此有关，比如“丢脸”“真不要脸”“赏脸”，如此等等。“脸”者，面子也。

中国知识分子是中国国粹“面子”的主要卫道士。

尽管极难对付，然而中国历代统治者哪一个也不得不来对付。古代一个皇帝说：“马上得天下，不能马上治之!”真是一针见血。创业的皇帝绝不会是知识分子，只有像刘邦、朱元璋等这样一字不识的地痞流氓才能成为开国的“英主”。可是，一旦创业成功，坐上金銮宝殿，这时候就用得着知识分子来帮他们治理国家。不用说国家大事，连定朝仪这样的小事，刘邦还不得不求助于知识分子叔孙通。朝仪一定，朝廷井然有序，共同起义的那一群铁哥儿们个个服服帖帖，跪拜如仪，让刘邦“龙心大悦”，真正尝到了当皇帝的滋味。

同面子表面上无关实则有关的另一个问题，是中国知识分子的处世问题，也就是隐居或出仕的问题。中国知识分子很多都标榜自己无意为官，而实则正相反。一个最有典型意义又众所周知的例子就是“大名垂宇宙”的诸葛亮。他高卧隆中，看来是在隐居，实则他最关心天下大事，他的“信息源”看来是非常多的，否则，在当时既无电话、电报，甚至连写信都十分困难的情况下，他怎么能对天下大势了如指掌，因而写出了有名的《隆中对》呢？他经世之心昭然在人耳目，然而却偏偏让刘先主三顾茅庐才出山“鞠躬尽瘁”。这不是面子又是什么呢？

我还想进一步谈一谈中国知识分子的一个非常古怪、很难以理解又似乎很容易理解的特点。中国古代知识分子贫穷落魄的多。有诗为证："文章憎命达。"文章写得好，命运就不亨通；命运亨通的人，文章就写不好。那些靠文章中状元、当宰相的人，毕竟是极少数。而且中国文学史上根本就没有哪一个伟大文学家中过状元。《儒林外史》是专写知识分子的小说。吴敬梓真把穷苦潦倒的知识分子写活了。没有中举前的周进和范进等的形象，真是入木三分，至今还栩栩如生。中国历史上一批穷困的知识分子，贫无立锥之地，绝不会有面团团的富家翁相。中国诗文和老百姓嘴中有很多形容贫而瘦的穷人的话，什么"瘦骨嶙峋"，什么"骨瘦如柴"，又是什么"瘦得皮包骨头"，等等，都与骨头有关。这一批人一无所有，最值钱的仅存的"财产"就是他们这一身瘦骨头。这是他们人生中最后的一点"赌注"，轻易不能押上的，押上一输，他们也就"涅槃"了。然而他们却偏偏喜欢拼命，喜欢拼这一身瘦老骨头。他们称这个为"骨气"。同"面子"一样，"骨气"这个词儿也是无法译成外文的，是中国的国粹。要举实际例子的话，可以举出很多来。《三国演义》中的祢衡，就是这样一个人，结果被曹操假手黄祖给砍掉了脑袋瓜。近代有一个章太炎，胸佩大勋章，赤足站在新华门外大骂袁世凯，袁世凯不敢动他一根毫毛，只好钦赠美名"章疯子"，聊以挽回自己的一点面子。

中国这些知识分子，脾气往往极大。他们又仗着"骨气"

这个法宝，敢于直言不讳。一见不顺眼的事，就发为文章，呼天叫地，痛哭流涕，大呼什么“人心不古，世道日非”，又是什么“黄钟毁弃，瓦釜雷鸣”。这种例子，俯拾即是。他们根本不给当政的最高统治者留一点面子，有时候甚至让他们下不了台。须知面子是古代最高统治者皇帝们的命根子，是他们的统治和尊严的最高保障。因此，我就产生了一个大胆的“理论”：一部中国古代政治史至少其中一部分就是最高统治者皇帝和大小知识分子互相利用又互相斗争，互相对付和应付，又有大棒，又有胡萝卜，间或甚至有剥皮凌迟的历史。

在外国知识分子中，只有印度的同中国有可比性。印度共有四大种姓，为首的是婆罗门。在印度古代，文化知识就掌握在他们手里，这个最高种姓实际上也是他们自封的。他们是地地道道的知识分子，在社会上受到普遍的尊敬。然而却有一件天大的怪事，实在出人意料。在社会上，特别是在印度古典戏剧中，少数婆罗门却受到极端的嘲弄和污蔑，被安排成剧中的丑角。在印度古典剧中，语言是有阶级性的。梵文只允许国王、帝师（当然都是婆罗门）和其他高级男士们说，妇女等低级人物只能说俗语。可是，每个剧中都必不可缺少的丑角也竟是婆罗门，他们插科打诨，出尽洋相，他们只准说俗语，不许说梵文。在其他方面也有很多嘲笑婆罗门的地方。这有点像中国古代嘲笑“腐儒”的做法。《儒林外史》中就不缺少嘲笑

"腐儒"——也就是落魄的知识分子——的地方。鲁迅笔下的孔乙己也是这种人物。为什么中印同出现这个现象呢？这实在是一个有趣的研究课题。

我在上面写了我对中国历史上知识分子的看法。本文的主要目的就是写历史，连鉴往知今一类的想法我都没有。倘若有人要问："现在怎样呢？"因为现在还没有变成历史，不在我写作范围之内，所以我不答复，如果有人愿意去推论，那是他们的事，与我无干。

最后我还想再郑重强调一下：中国知识分子有源远流长的爱国主义传统，是世界上哪一个国家也不能望其项背的。尽管眼下似乎有一点背离这个传统的倾向，例证就是苦心孤诣、千方百计地想出国，有的甚至归化为"老外"，永留不归。我自己对这个问题的看法是：这只能是暂时的现象，久则必变。就连留在外国的人，甚至归化了的人，他们依然是"身在曹营心在汉"，依然要寻根，依然爱自己的祖国。何况出去又回来的人渐渐多了起来呢？我们对这种人千万不要"另眼相看"，当然也大可不必"刮目相看"。只要我们国家的事情办好了，情况会大大地改变的。至于没有出国也不想出国的知识分子占绝对的多数。如果说他们对眼前的一切都很满意，那不是真话。但是爱国主义在他们心灵深处已经生了根，什么力量也拔不掉的。甚至泰山崩于前，迅雷震于顶，他们会依然热爱我们这伟大的祖国。这一点我完全可以保证。只举一个众所周知的例子，就足够了。如果不爱自己的祖国，巴老为什么以老迈龙钟之身，呕心沥血来写《随想录》呢？对广大的中国老、中、青知识分子来说，我想借用一句曾一度流行的，我似非懂又似懂的话：爱国没商量。

我生平优点不多，但自谓爱国不敢后人，即使把我烧成了灰，每一粒灰也还是爱国的。可是我对于当知识分子这个行当却真有点谈虎色变。我从来不相信什么轮回转生。现在，如果让我信一回的话，我就恭肃虔诚祷祝造化小儿，下一辈子无论如何也别再播弄我，千万别再把我弄成知识分子。

2014年

沉睡的民族已醒来

张胜友

从兴盛到衰败，再到复兴与崛起，雄辩地证明了中华民族蕴涵着一种巨大的内生力量——这就是中华民族的同心力与生命力，其内核基因则是：兴国之魂，强国之魄。

中华文明海纳百川、求同存异，不仅乐于与其他文明和谐相处，而且善于借鉴其他文明的积极成分，并在与其他文明的交流中，既增强对他者的理解，又提升对自身的认同。

一

上世纪中叶，英国近代生物化学家和科学技术史专家李约瑟曾发出一个诘问：“尽管中国古代对人类科技发展做出了很多重要贡献，但为什么科学和工业革命没有在近代中国发生?”并进一步提出：“为什么公元16世纪之前，在将人类的自然知识应用于实用目的方面，中国较之西方更为有效，之后中国科技却停滞不前?”

这个话题独具慧眼，在中国虽算不上家喻户晓，但至少在科学界尽人皆知。李约瑟认为，中国对世界文明的贡献，远超所有其他国家，但是，所得到的承认却远远不够。正是李约瑟那部倾注了他毕生心血、号称东方文明通史的“旷世巨著”——《中国的科学与文明》，西方有史以来撰写的第一部诠释这个“中央之邦”的鸿篇巨制，使得西方人重新认识了中国曾有的辉煌的科学与文明。

对于李约瑟的诘问，美国经济学家肯尼思·博尔丁百思未得其解，干脆称之为“李约瑟之谜”。

美国另一位学者罗伯特·坦普尔，在其名著《中国，文明的国度》一书中支持了李约瑟：“如果诺贝尔奖在中国的古代已经设立，各项奖金的得主，恐怕会毫无争议地全都归属于中国人了。”

此话并非妄言。众所周知，中华文明与苏美尔文明、古埃及文明、古巴比伦文明、古印度文明共同创造了人类远古文明的辉煌形态，中华文明曾经处于世界古代文明的五大中心区域，且唯独中华文明生生不息延续至今。正是这个神奇的东方古国，在距今两千多年前的战国时期，就发明了指南鱼、指南龟等，后演化成在航海中发挥巨大作用的指南针；东汉蔡伦发明造纸术；唐朝研制出火药，应用于庆典中的烟花、神火飞鸦等；北宋毕昇发明活字印刷术，此前的雕版印刷术也占尽世界先机。除世界瞩目的四大发明外，中国领先于世界的科学发明和技术发现，至少还有百余种之多。据史籍考据，从公元 6 世纪到 17 世纪初，在世界重大科技成果中，中国所占比例一直在 54% 以上，到了 19 世纪，才骤降为 0.4%。

“李约瑟之谜”的反证是：“为什么近代科学又只发生在西方社会？”

回望五百年前的世界地理大发现，从威尼斯著名商人和探险家马可·波罗游历中亚、西亚、东南亚，到哥伦布发现新大陆，欧洲掀起了文艺复兴与研究东方文明的浪潮。从 1687 年英国物理学家牛顿发表论文《自然哲学的数学原理》，提出万有引力和三大运动定律，从而奠定此后三个世纪物理世界的科学观点，并成为现代工程学的基础，到 1765 年瓦特制成蒸汽机，终结人类过去由劳动力、牛马、水车、风车等力量来转动机器的历史，蒸汽机成为大工业的新动力，从而揭开工业革命的序幕；以及 1783 年美国独立战争结束，欧美大陆进入工业文明时代，1831 年英国科学家法拉第发现电磁感应现象，1847 年西门子—哈尔斯克电报机制造公司创立，开启电气化时代……欧洲的科学技术经历了约半个多世纪的奋起直追，终于超越了中国。

如果我们细心分析，会发现李约瑟陷入了两段式表述模式。

第一段表述：为什么在公元前 1 世纪到公元 16 世纪之间，古代中国人在科学和技术方面的发达程度远远超过同时期的欧洲？但中国的政教分离、诸子百家、私塾教育和科举选拔制度等，何以没能在同时期的欧洲产生呢？

第二段表述：为什么中国古代的经验科学领先于世界约一千年，但近代实验科学却没有产生在中国，而是产生在 17 世纪的西方，特别是文艺复兴之后的欧洲？

这确实是耐人寻味的“谜团”，犹如科学王国复杂的“高次方程”，就这样摆在了世界面前。

二

1803 年，据说拿破仑·波拿巴曾经指着地图上的中国忧心忡忡地说：“这里躺着一个沉睡的巨人，让他睡下去吧，一旦他醒来，将会震撼世界的。”少顷，他又接着说道：“他在沉睡着，谢谢上帝，让他继续睡下去吧，不要去唤醒沉睡的巨人。”

倘若从17世纪往前回溯，明王朝曾经在一个短时期内转向西方，建造船队，足迹一度抵达非洲东海岸，并踏上了去欧洲的旅程，但外交上突然出现转折，远航停顿下来。延挨至清朝，东方帝国自我封闭，从此完全隔绝于西方世界和西方思想。清乾隆皇帝曾夜郎自大地宣示：我天朝物产充裕，在国土以内并无匮乏之忧，更无必要以我之物从蛮荒之国交换物品云云。奉行“闭关锁国”国策最为严酷之时，朝廷颁发诏令：“寸板不得下海，片帆不得入口。”导致原本在科学和技术上一路遥遥领先于世界的东方巨人，停滞了，凝固了，成了名副其实的“沉睡的巨人”。

历史如此无情。1815年6月18日，在比利时滑铁卢镇爆发了一场改变欧洲历史进程的大决战，英国人威灵顿公爵统帅的欧洲联军击溃了不可一世的法国皇帝拿破仑·波拿巴。欧洲征服者野心勃勃地急于在远东扩大自己的影响和势力，又发动了鸦片战争，其结果使中国开始觉醒了。

毫无疑问，对于中国这个古老的东方之国，公元1840年是一个历史的拐点。

当英国人的炮舰把“天朝上国”打落至“谷底”时，其远隔万里波涛之遥的大不列颠岛国机器化生产已基本取代手工业生产。从某种意义上说，鸦片战争的实质，是西方工业文明对于东方固守“天不变，道亦不变”道统的一次剧烈冲撞，是新兴工业革命对传统农耕社会的一次野蛮征服。

此后的中国，亦步亦趋地进入灾难深重的近现代时期。面对“千年未有之变局”与“千年未遇之强敌”，各式各样的救国方略乱花迷眼：资本主义、改良主义、自由主义、社会达尔文主义、无政府主义、实用主义、民粹主义、工团主义……自鸦片战争以降，洋务运动、戊戌变法、甲午海战、辛亥革命、抗日救亡，百年劫难百年奋起，中华民族复兴之路充满了惊天地、泣鬼神的抗争。

中国重新屹立于世界万邦之林，是毛泽东领导的血与火的民族独立和人民解放战争缔造了中华人民共和国；发轫于1978年的改革开放运动，邓小平以其大智慧大勇气，引领着中国这艘巨舰在惊涛巨浪中破浪前进，经济发展大步跨越，社会转型风云激荡，文化繁荣走向多元，一跃而成为世界第二大经济体，全球为之瞩目，世界为之震撼，开启了中华民族历史的新纪元。

归宗炎黄，溯源华夏，从兴盛到衰败，再到复兴与崛起，雄辩地证明了中华民族蕴涵着一种巨大的内生力量——这就是中华民族的同心力与生命力，其内核基因则是：兴国之魂，强国之魄。

正如学者柏杨在《中国人史纲》中所阐述的：“中国像一个巨大的立方体，在排山倒海的浪潮中，它会倾覆，但在浪潮退去后仍顽强地矗立在那里，以另一面正视世界，永不消失、永不沉没。”

三

历史演进让人们想起另一位英国历史学家阿诺德·汤因比，他提出的一道哲学命题，既理性回应了“李约瑟之谜”，又令人信服地展示了不容置疑的前瞻性。

汤因比把世界历史划分为二十六种文明。他坚定地认为，应该把历史现象放到更大的范围内加以比较和考察——这种更大的范围就是“文明”。

面对一个饶有兴趣的设问：“如果再生为人，您愿意生在哪一个国家？”汤因比思索片刻，明确回答：“我愿意生在中国。”给出的理由是：“中国今后对于全人类的未来将起到非常重要的作用。”并阐明这是他对世界不同文明体系做了详尽的比较和研究、把中国置于全球演变的多维空间来评估之后所获得的审慎结论。

进化论人类学者达尔文也曾经讲过：“相对于其他文明，中华文明更具有典范意义。”

试想，当世界上五分之一的人口在现代化大道上疾跑；当中国成为“世界工厂”，整个东部海岸线上那条“地理级”生产线源源不断地向全世界输出商品，打造了20世纪末叶、21世纪初最耀眼的工业神话；当深圳、珠海、汕头、厦门四个老经济特区日新月异，带动着浦东、前海、横琴、南沙、环渤海经济圈、上海自贸区等一批新的经济板块连片成线；当中国人用短短三十多年的时间，全方位推进市场化、工业化、城市化及国际化进程，几乎走完了西方发达国家一百年、二百年乃至三百年所走过的历史；当中国体量快速增大，千真万确实现了“超英赶美”；与此同时，经济实力的大幅飙升，又带动了军事实力与国际话语权的显著提升……毫无疑问，中国和平崛起，成为新世纪人类发展史上的标志性事件。

成功学上有一句话——成功与努力有关，成功更与选择有关。

毋庸置疑，20世纪末叶至21世纪初，中国社会转型获得巨大成功，既传承了古老的中华文明，又以开阔的胸襟拥抱当代世界，独步天下而风光无限。

新加坡前总理李光耀说：“今天，中国是世界上发展最快的发展中国家，其速度在五十年前是无法想象的，这是一个无人预料到的巨大转变。”并指称：“中国是按照自己的方式被世界接受的，而非作为西方社会的荣誉成员。”

当下，中国领导人规划的“国家治理体系和治理能力现代化”的顶层设计，以及“两个百年”“民族复兴”和“中国梦”

战略目标的提出，正是续接中国社会一百多年激越变革、激荡发展的壮阔历史，并朝更为宏伟瑰丽的目标——“第五个现代化”迈进。

五千年中华文明亦称“华夏文明”，“华夏皆谓中国。而谓之华夏者，夏，大也；言有礼仪之大，兼有文章之华也”。《春秋》云：“中国者，聪明睿知之所居也，万物财用之所聚也，贤圣之所教也，仁义之所施也，诗书礼乐之所用也。”故而，每当中华民族遭遇到困难、挫折，中华文明的基因总会凝聚起全民族的智慧和力量，去战胜千难万险。

中华民族形成的多元性与混合性，奠定了中华文明的开放性与包容性；中华文明源远流长也得益于其海纳百川、兼收并蓄、求同存异；中华文明乐于与其他民族的文明和谐相处，借鉴其他民族文明中的积极成分，并在与其他民族文明交流中，既增强对外域文明的理解，又提升对自身文明的认同。

历史已经证明：东方这头“沉睡的狮子”醒来了，并以“和平的、可亲的、文明的”姿态展示在世界面前——这正是对于“李约瑟之谜”的生动诠释。

2018年

心的方向，无穷无尽

彭程

心的方向，也就是目光的方向，脚步的方向。它们指向的，是祖国大地上的江河湖海，高山平原。行走中，远方化为眼前，异乡变成家乡。脚步每当踏上一个新的地方，都是把家园的界限向外扩展。而所有的家乡，它们的名字的组合，就形象地描画出了一个国家的名字，成为对它的标注和阐释。

一

此刻，在明亮蔚蓝的天空下，热带的炽烈阳光瀑布一样倾泻。目光所及的广阔视域里，不同科属的众多植物茁壮茂盛，一派浓郁恣肆的碧绿，喷吐着生命的活力。叶片阔大肥厚，藤蔓纷披葳蕤，我仿佛听到枝干中汁液汩汩流淌的声音。千姿百态的花朵，奇异艳丽，呼喊一样地绽放。眯了眼睛，逆着强烈的光线望去，在被阳光镶嵌上一圈暗边的巨大云朵下面，几十米高的椰子树的羽状枝叶，向四面八方伸展开来，仿佛一幅充满质感的剪影。

这里是兴隆热带植物园，位于海南万宁。

眼前这些树木花卉，让我的思绪飞向整整三十年前，我到过的中国科学院西双版纳热带植物园。它位于一个被江水环绕的小岛上，因此记忆中水光潋滟。我清楚地记得那条江叫作罗梭江，我曾经一步步试探着走进它的温暖而湍急的水流。那是澜沧江的一条支流，澜沧江流出国境后进入东南亚的几个国家，在那片土地上被称作湄公河。因为童年时读过越南军民抗击美军的战斗故事，这条河流曾经强烈地激发了一个孩子对异域的向往和想象。

两个植物园中的植物大多无异，但相互之间的直线距离就有两千多公里。在它们分别所属的华南和西南的广大区域中，海陆阻隔，江河纵横，山脉连绵。

然而想象能够消弭阻隔，就像我此刻的体验。在意识的调遣下，距离不复存在，方向随意掌控。佛经中有一句话，“一刹那间为一念”，意念起动时，即使远在天涯，却可以迅疾地化为近在咫尺。

对于身边的日常生活来说，远方往往意味着魅力和诱惑，所以才会有“生活在别处”之说，而一句短语“远方和诗”更是广为流传——远方天然地蕴涵了丰沛的诗意。

这种诱惑对一个少年尤其强烈。在一望无际的华北平原长大的我，十几岁时因为看到了一本画册而入迷着魔，从此把小桥流水的江南，当成心目中最初的远方。我曾经骑车去十几公里之外大运河边上的一个小镇，只是为了看一眼从那里经过的火车。那是当时的津浦线，沿着铁路一直向南，就能到达我的梦想之地。看着一列绿皮火车从视野中消失，我想象它到达的地方，那里的天空和土地，城市和乡村，河流和植物，那里的人们和他们的生活，心中有一种模糊的激动。差不多十年后，当我初次踏上那里的土地时，却分明有一种旧地重游的感觉——脑海中无数次的描画勾勒，已经让想象无限接近于真实。

更晚一些时候，陕北高原成为我新的向往。质朴苍茫的黄土地，曲折蜿蜒的沟壑梁峁，高亢悠扬的信天游的曲调，在我的眼前耳畔，一遍遍地闪现和回荡。当我终于来到陕北，在黄河边上的一次乡间宴席上，酒酣忘情之时，即兴哼唱起了《兰花花》和《赶牲灵》、《走西口》和《三十里铺》。淳朴的主人惊诧于我对民歌的熟悉，猜测我莫非是在这里长大后走出去的陕北娃，让我不禁有一种小小的得意。

随着年龄和经历的增加，曾经的虚幻变作真实，陌生成为熟悉，然而向往也会同步扩展，没有停歇。远方永远存在，远方在远方之外，在东西南北的各个方向。目光尽头的地平线，不过是一个新的起点。一个声音呼唤你出发，行行复行行，把灵魂朝着天空敞开，把脚步印在永远向前方伸延的大地上。

有许多年了，我最喜欢做的一件事情，是在某个清静的时辰，展开一本中国地图册，选取其中的一页，再确定其上的一个或几个地点，放飞思绪。

这其实通常是一种场景回放。意念抵达之处，多是我曾经留下足迹的地方。不需要闭上眼睛，神凝气定之时，眼前的物件陈设不复存在，我分明看到，一幕幕画面穿越时光和距离，翩然闪现。

那是长白山下延吉州二道白河小镇外的原始森林，脚步踩在厚重松软的腐殖土上，松脂的清香、铃兰花的馥郁伴着鸟儿的鸣叫扑面而来；是被称为“贵州屋脊”的毕节赫章县的韭菜坪，山顶上一望无际的大朵紫色野韭菜花，在呼啸的天风里飘荡摇曳，远眺连绵的群峰仿佛巨兽青黛色的背脊；是浙东南永嘉群峰环抱中的楠溪江，用千百条清澈澄碧的溪水，用奇岩、飞瀑、深潭、古村和老街，打造出了三百里山水画廊；是新疆伊犁霍城的万亩薰衣草，深紫色花朵波浪般层叠起伏，一直延伸向远处的白杨林带，映照着天地接壤处山峰上的皑皑积雪。

有时候，借助资料和图片，我也会把目光投向某个向往已久而尚未遂愿的地方。我想象青海三江源头的浩瀚壮丽，西藏纳木错圣湖边飘扬的经幡；想象大凉山满山遍野的金黄色苦荞麦，大兴安岭深处以驯鹿和猎狗为伴的鄂伦春人家。甚至仅仅是想象，就能够带来一种惬意的慰藉。

这些已经去过或将去到的地方，被造化赋予了各自的美质。壮丽，秀美，辽阔，幽深，雄奇，朴拙……美的形态千变万化，繁复多姿。但对于我来说，它们其实是一样的，或者说最主要的地方是一致的：初次遭逢时，都是一种感动，一种震颤，一道划过灵魂的闪电；而过后，则是一遍遍地回想，在回想中沉醉，在沉醉中升起新的梦想。

二

让我记述一次这样的闪电和震颤，它的强度让我此生难忘。

是二十多年前，一次在新疆大地上的行旅。是在天山北麓，汽车穿越连绵交错的农田和林带，即将驶入浩瀚无垠的千里戈壁。就在它的边缘，神话一样，眼前突然闪现出一望无际的向日葵，至少有几十万株吧，茎秆高大粗壮，花盘饱满圆润，花瓣金黄耀眼。它们齐齐地绽放，一片汪洋灿烂，仿佛色彩的爆炸和燃烧。在片刻的惊骇后，我觉察到眼眶中盈满了泪水。

这样的一幕几天后再次上演，在伊犁河谷地的某一处草原上。因为暴雨冲垮道路，车行受阻，等候的时候不觉睡着了。醒来时已经入夜，在懵懂昏沉中走下车，抬眼一望，就像被一瓢冰水迎面泼浇过来一样，刹那间头脑变得清醒无比。四野漆黑一片，只有满天的星斗熠熠闪烁，仿佛被冰山雪水擦拭过一样，清亮晶莹。轻盈飘荡的星光交织弥漫，仿佛发光的白雾，清澈透明，笼天罩地，如梦如幻。从来不曾遇见过这样的情景，一瞬间眼泪夺眶而出，欢快流淌。

不用感到难为情吧。眼泪是一种验证，是灵魂和情感尚且丰盈饱满的体现。而此时此地，它是在强烈地证明着风景的大美。

不像天池、魔鬼城和赛里木湖等等北疆名胜，这些让我镂心刻骨的地方，其实在当地都是最普通的风景，普通到无人关注，更不会被写入旅游指南。不过这又有什么关系呢？因为平凡而普遍，它们更能够反映此地的自然之美的本质，也更能够和孕育于风土之中的普遍精神建立起一种关联。

这样的风景，也在云南普洱千年的古茶树林中，在宁夏河套平原黄河水缓慢地流淌中，在呼伦贝尔草原夏日浓烈的青草气息中，在漠河北极村冬日被白雪包裹的深深寂静中，在闽南荔枝和芭蕉树叶油亮的闪光中，在西双版纳月光下的凤尾竹轻柔的摇曳中……

只要倾心相与，你就能够听到每一处大自然的心跳声，捕捉到它丰富而微妙的表情变化。每一个地方，它们的天气和地貌，植被和物候，天地之间诸种元素的组合，构成了各自独特的声息色彩。而所有这些地方连接和伸展开去，便是一片大地的整体。这是一个巨大的整体，站立在亚洲大陆的东方。

久久凝视那一幅雄鸡形状的版图上，那些你亲近过的地方，一种情感会在心中诞生和积聚。那是一种与这片土地血肉关联、休戚与共的情感，当它们生发激荡时，有着砭骨入髓一般的尖锐和确凿。

在你的凝视下，大地敞开了丰富而深沉的美。你正是从这里，从一草一木，从一峰一壑，建立起对于一片国土的感情。家国之爱是最为具象的情感，自然风物是最为直接和具体的体现，这样就会明白，我们的前人何以会用桑梓来指代故乡，而“故国乔木”也成了一种广泛的表达。

“胡马依北风，越鸟巢南枝”，因为那个方向，分别是它们的家园所在。动物禽鸟尚且如此，何况是万物灵长的人类。每个人的家园之感，都诞生于某一片具体的土地，而家国同构，无数家园的连接，便垒砌起了整个国度的根基。这种对于土地的感情，真实而有力，远胜过一些抽象浮泛的口号和理论。所以这样的歌词才能够被传唱几十年：“长江长城，黄山黄河，在我心中重千斤。”

甚至一种最为深切的哀痛和悲愤，也可以经由风光和自然来获得寄托。在敌寇铁蹄践踏、国土沦丧百姓流离的黯淡日子里，诗人戴望舒这样写道：

我 / 用残损的手掌摸索 / 这广大的土地：这一角 / 已变成灰烬，那一角 / 只是血和泥；这一片湖 / 该是我的家乡，（春天，堤上 / 繁花如锦幛，嫩柳枝折断 / 有奇异的芬芳）我触到 / 荇藻和水的微凉；这长白山的雪峰 / 冷到彻骨，这黄河的水夹泥沙 / 在指间滑出……

在山川大地之间，祖国的理念清晰而坚实。

三

我是一名大自然的滥情者，无法将自己的心安放于某一个具体的风景对象。那么多的美在向我招手呼唤，让我迷醉和焦灼，跃跃欲试。

此刻正值溽暑，炙烤般的闷热让我渴望将躯体投入一片清凉。大自然中的水体而不是室内游泳馆，才能够提供一份真正的夏日惬意。我的思绪以故乡冀东南平原上那一条无名的小河为原点，向外延伸。少年时代的好几个漫长夏季，它都是我和小伙伴们不可替代的乐园。我想到故乡县城十公里外的京杭大运河，想到八十公里外的华北最大湿地衡水湖，想到两百公里外的白洋淀，想到四百公里外的北戴河海滨……水的意念将它们贯通和串联起来。

那么，我是不是还应该想到桂林甲秀天下的山水，碧玉簪般的峰峦在青罗带般的碧波中，投下淡墨般的倒影；想到自神农架原始森林里流淌下来的香溪，青黛色的水面曾经映照过王昭君的美丽；想到七月的青海湖畔，金黄的油菜花和碧绿的牧草伸向天边，映照着一望无际的万顷碧波；想到云南高原上抚仙湖的幽深，它的蓄水量相当于十几个滇池，古人用“万顷琉璃”来比喻它的晶莹清澈——这些都是我步履所至之处，目光曾经被它们的清澈洗濯过，手足曾经浸入它们的温暖或者清凉。

这样的名字可以无限地排列下去。它们在地图上只是游丝般的细线和芥子般的微点，甚至大多数都不够资格得到标示，但只要一想到它们，我眼前即刻就会一片波光潋滟。

这还只是水系。而山地呢？草原呢？森林呢？大漠呢？任何一个，都可以无穷无尽地展开。而在这所有一切之中奔跑的兽类，鸣啭的鸟儿呢？绽放的花儿，静默的树木呢？这样的推问让我眩晕。美是汪洋无际，是浩瀚无边。它让我欢悦，也让我痛苦。我将遭遇那么丰富的美，我将难以穷尽那么丰富的美。

三十年前听到一个故事，从此铭记在心。当时来中国的日本游客很多，一个旅行团来到内蒙古大草原，篝火晚会就在蒙古包旁边的草地上举行。皓月当空，奶茶飘香，歌声悦耳，舞姿动人，一位老年游客突然放声大哭，老泪纵横。面对惶恐不安以为出了什么纰漏的导游和接待方，老人哽咽着说："多么羡慕你们，有这么辽阔的国土！"

是的，这是一种幸福。九百六十万平方公里的广阔疆域，提供了太多的美好和富足。还有什么幸福能和它相比？想到这一点，激动便如同潮水一样涌上心头。

在这一片寥廓的土地上，一个人去过的地方也许很多，但没有去过的地方总是更多。在他的步履和视野之外，无限的美存在于无限的空间中，默默无语或者喧哗恣肆。

一些看似不同的事物维度之间，却有着神秘的连接管道。譬如时空是不同的范畴，但时间也最能够描绘空间。夏天晚上十点半钟，我在南疆喀什的街头小馆与当地友人品茶，一边欣赏着落日在西天渲染出一抹红晕，而此刻北京的家人已经准备就寝。我也曾在一月份，从冰城哈尔滨直飞海南三亚，登机时身着羽绒服尚觉寒风凛冽，落地时换成短袖，快走几步仍然汗湿。六个小时的航程，我跨越了几个季节。

面对这样广大至极的美好风景，我不止一次地想过，如果不让自己成为一名漫游者，哪怕只是在生命的某个时期，那么实在是一种浪费，甚至是一种罪过，总有一天悔恨会来啃噬。

漫游，让脚步跟随着目光，让诗意陪伴着向往。如果我爱慕的目光在抵达某个具体目标时仍然游移不定，那是因为我有一种对整体的忠诚，需要到更广阔的时空中践行。行走中，远方化为眼前，异乡变成家乡，“无端更渡桑干水，却望并州是故乡”。脚步每当踏上一个新的地方，都是把家园的界限向外扩展。而所有的家乡，它们的名字的组合，就形象地描画出了一个国家的名字，成为对它的标注和阐释。在被这个名字覆盖和庇护的一大片土地上，我们诞生和成长，爱恋和死亡。

曾经看过一部美国电影《心的方向》。退休后的老人无所事事，空虚迷茫，在妻子去世后，他通过反省领悟到过去生活的荒谬，并驾车穿越整个美国去女儿家，为了阻止一桩在他看来会毁了女儿的幸福的婚姻。在这个行动中，他重新获得了生命的充实之感。一个虽然平淡却颇有蕴藉的故事。

但我这里想说的，是电影名字给了我启发。它有一种新鲜而生动的表现力。我的心的方向，也就是目光的方向，脚步的方向。它们指向的，是祖国大地上的江河湖海，高山平原，一种无边无际的美丽。

我的心的方向，朝着四面八方，无穷无尽。

[全书完]